ベリーズ文庫

剛腕御曹司は飽くなき溺愛で傷心令嬢のすべてを満たす

～甘くとろける熱愛婚～

滝井みらん

STARTS
スターツ出版株式会社

目次

剛腕御曹司は飽くなき溺愛で傷心令嬢のすべてを満たす
～甘くとろける熱愛婚～

剛腕御曹司は飽くなき溺愛で傷心令嬢のすべてを満たす
～甘くとろける熱愛婚～

天敵御曹司と一夜を共にしました

「いいか。しっかり哲哉《てつや》さんについていけ」

チャペルの前で出番を待っていると、ヴァージンロードを一緒に歩く白髪交じりの父がどこか突き放すような口調で私に告げた。

「はい」

チャペルのドアを見据え、自分の感情を抑えてはっきりと返事をする。

式のスタッフは私のウエディングドレス姿を見て『綺麗《きれい》』と褒めてくれたが、嬉《うれ》しさとか感動とかいった感情は湧いてこなかった。

親が勝手に決めた夢も希望もない政略結婚。もともと結婚に希望など抱いていなかったけれど、棺桶《かんおけ》に片足を突っ込んだ気分だ。

誰かに花嫁代理をやってもらいたいというのが本音だが、親に逆らえば家を追い出されてしまう。

私は水沢優里香《みずさわゆりか》、二十六歳。

背は百六十五センチ。顔は小さく、目はパッチリ二重でまつ毛が長い。天然のダークブラウンの長いストレートの髪は小さい頃からずっと変わらぬ私のヘアスタイル。

日本でも三本の指に入るビールメーカー『ミズサワビール』の社長令嬢として育ってきた私は、外の世界を知らない箱入り娘だ。

家にはお手伝いさんが三人いて何不自由なく暮らしてきたけれど、決して幸せではなかった。

高校二年生の時に最愛の母がガンで他界。母亡き後は、父と五歳下の病弱な弟と私の三人で暮らしていたけれど、父は私が高校を卒業するとすぐに再婚した。

義母とその連れ子であるひとつ下の義妹がうちに越してきてからの新生活は、私と弟にとっては地獄のような日々の始まりで……。父との関係にもひびが入った。

父の再婚で初めて知ったけれど、再婚相手は父の昔の恋人だった。父と亡くなった母は政略結婚で、互いの親が親友同士だったことから成人したら子供たちを結婚させるという取り決めをしていたらしい。それで、父は当時恋人だった義母と無理矢理別れさせられたのだ。

義母は母の子供である私と弟を恨んでいて、父が仕事で不在の時は意地悪をされた。話しかけて無視されるのはいい方で、食事を抜かれたり、亡くなった母の写真や遺品を勝手に捨てられたりした。

それでも仲良くなろうと努力したが、義母の態度はとても冷たく、義妹も私のことが気に入らなかったのか義母と一緒になって、『優里香さんが私たちを睨《にら》む』『優里香さんにあげたプレゼントがゴミ箱に捨てられた』とあらぬ難癖をつけて、父が私を嫌うように仕向けた。

それだけならまだよかったのだが、義母と義妹は小さい頃から喘息《ぜんそく》持ちだった弟を、私が学校に行っている間に冷暖房のない倉庫に閉じ込めて虐待。父にそのことを訴えても信じてもらえず、逆に『お前がやったんじゃないか？』と疑われた。弟が私の無実を主張しても、父は義母を捨てた負い目もあってか彼女の言いなりで、まったく私たちの味方をしてくれなかった。

私が大学を卒業すると、義母と義妹の嫌がらせはエスカレートし、私が外で遊び歩いてホストに金を貢いでいると父に嘘《うそ》を言って、水沢家から追い出そうと企んだ。『夜遊びなどしていない』『ホストクラブになど行ったこともない』といくら否定しても父は聞く耳を持たず、私に暴力を振るうようになった。

それでも家を出なかったのは、弟の翔《しょう》を守るため。それは母の遺言でもある。

母は病弱な翔のことを心配していた。それに弟が元気になって、父の跡を継ぐことを望んでいた。

喘息持ちの弟は小さい頃から入退院を繰り返していたため、学校にもあまり行けなかった。今はだいぶ症状が落ち着いてはいるが、台風が多い秋は気圧や湿度の変化で病気が悪化するから、山梨《やまなし》にある保養所で療養している。そのため大事を取って、今日の式にも出席していない。弟は参列したがったが、私が『発作が起きたら周囲にも迷惑がかかるから、来なくていい』と強く言ったのだ。

弟が大人になっても喘息の発作に苦しめられているのは、義母たちの虐待のせい。そんな弟を残して家を出るなんてできなくて、義母と義妹の嫌がらせにもじっと耐えていた。父は病弱な弟のことを疎《うと》ましく思っているから、私ひとりが家を出れば、弟は孤立してしまう。

父は義妹が結婚したら、その相手に会社を継いでもらうことを考えているようで、義妹を社交の場に連れていくことが増えた。義母と義妹に水沢家と会社を奪われないためにも一日でも早く弟に元気になってもらいたい……そう願っていたある日、父に『来月、うちの子会社の社長の息子と結婚しろ』と命じられた。恐らく、私を体よく家から追い出すつもりなのだろう。

私が断ると、父は条件を出してきた。『お前が結婚してうちを出るなら、翔には不自由はさせない。将来会社を継がせることも前向きに考えよう』と。

それを聞けば、父に従うしかない。遅かれ早かれ私も弟も義母たちによって家から追い出されるのは、目に見えている。『その約束、必ず守ってくださいね』と父に念を押して、私は結婚を決めた。

だが、愛してもいない人に嫁ぐのだから、この結婚に強い不安を感じずにはいられない。弟のため……そう何度も言い聞かせて今日という日を迎えた。

暗い気持ちで式が始まるのを待っていたが、開始時刻の午後七時を過ぎてもまだ始まらない。

今回の結婚式に関して、私の意見はひとつも聞き入れられなかった。いや、そもそも聞かれなかったという方が正しい。

ナイトウエディングを決めたのは父で、それは日中はゴルフで忙しいという勝手な理由。

ドレスも試着させてもらえず、義母と義妹が決めたものを今日初めて着させられた。

『あなたにはそのドレスがお似合いよ』

『そうそう。露出も多くてお義姉さんにはピッタリよ』

胸元も背中もぱっくり開いた、マーメイド型のドレス。日本人の体型に合っていなくて一番人気がないドレスだったらしいが、私にはピッタリだった。それを見た義母と義妹は、悔しそうに顔を歪《ゆが》めていたけど。

このドレスは私の趣味ではないが、その顔を見て少し胸がすっきりした。

だが、十月中旬ということで、このビスチェタイプのウエディングドレスでは肌寒く感じられる。

「遅いな」

父が苛立《いらだ》たしげに言って腕時計をチラッと見たその時、周囲が慌ただしくなった。

式場のスタッフが数人集まって騒いでいる。

「まだか？　もう式の時間はとっくに過ぎているぞ。新郎の控室を確認しろ」

「確認したんですが、いませんでした。テーブルの上にこんなメモが……」

彼らの顔は青ざめていた。聞こえてくる内容からすると、新郎になにかあったらしい。

「いったい何事だ？」と父が眉をひそめると、スタッフのひとりが顔面蒼白になりながらこちらにやってきて、私と父にホテルのロゴが入った便箋《びんせん》を見せた。

「あの……誠に申し上げにくいのですが、新郎がどこにもいません。控室にはこのメモ書きが」

そのメモ書きを、私と父は食い入るように見つめる。

【俺はあばずれ女となんか結婚しない】

あばずれ女とは私のことを言っているのだろう。今まで男性とお付き合いしたこともないのに、周囲は私のことをそんなはしたない女だと思っている。

「……なんてことだ」

メモを見て父がショックを受けていると、新郎の両親もやってきた。

彼らの話では、新郎の携帯に何度もかけても繋《つな》がらず、トイレなど目ぼしい場所を探したが見つからなかったらしい。

「どうしましょう?」

スタッフがおろおろしながら確認すると、父は腹立ちまぎれに答える。

「もう式はキャンセルだ!」

父たちは招待客に事情を説明するため、スタッフと共にチャペルに向かう。

この非常時にもかかわらず、私は冷静だった。

きっと新郎のことを一ミリも愛していなかったからに違いない。

新郎と会ったのは見合いを含め、たった三回。それも互いの家族を交えて食事をしただけで、キスをしたこともなければ、手を繋いだこともなかった。

スタッフが緊張した面持ちでチャペルのドアを開くと、ざわめきが聞こえた。

だが、父たちが中に入って、スタッフから渡されたマイクを手にした途端、シーンと静まり返る。

「皆さま、不測の事態により本日の式は中止することになりました」

まず新郎の父親がそう説明すると、続けて父も「せっかくご足労いただきましたのに申し訳ありません」と言って頭が膝につきそうなくらい深々と頭を下げる。そんな父の姿を見るのは、初めてだった。

今日の式にはうちの取引先のお偉いさんもたくさん招待しているから、仕事に支障がないよう必死なのだろう。

チャペル内は騒然となり、招待客がぞろぞろと席を立つ。

急に中止になるんだもの。それは驚くわよね。

しかも、新郎がいない。ドラマでは見たことがある展開だったけど、まさか自分の身に起こるなんて思ってもみなかった。

チャペルの扉の横に立ってじっとその様子を眺めていたら、中にいる招待客の視線が一斉に私に注がれる。それらの視線を一身に受け止め、深く頭を下げた。

式当日に新郎に逃げられた花嫁と揶揄《やゆ》されるのは、覚悟の上だ。

本当は踵《きびす》を返して逃げたい。でも、私のプライドがそうさせなかった。

事情を聞いた招待客は、ひそひそと話をしながらチャペルを出ていく。私に向けられる好奇な視線がすごく痛い。

『かわいそうな花嫁さん』『せっかく来たのにドタキャンか』といった心の声が聞こえるような気がした。

「申し訳ありませんでした」

招待客が私の前を通るたびに何度もその言葉を口にして謝る。

謝罪のつもりでずっと頭を下げ続けていたら、いつの間にか新郎の両親が目の前に立っていて私を罵倒《ばとう》した。

「こんな恥をかかされるとは思わなかったよ。息子は真面目な性格なのにこんなことをするなんて……全部君のせいだ！」

「……申し訳ありません」

言い訳しても無駄だと思い、ひたすら頭を下げ続ける。

新郎の両親が激怒して去っていくと、今度は父が私を睨みつけて激昂《げっこう》した。

「お前はどれだけ私に恥をかかせたら気が済むんだ！　もうお前は私の娘などではない！　二度と水沢家の敷居を跨《また》ぐな！」

父の怒号が響き、周囲の空気がピンと張りつめる。

「ご、ごめんなさい。でも、翔は悪くありません。どうか翔のことは今まで通り後継者として認めてあげてください。お願いします」

父の両腕を掴《つか》んで懇願するが、父は私の手を乱暴に振り払った。

「うるさい！　お前ごときが私に意見するな！」

私の頬《ほお》を平手打ちすると、父は「お前の顔などもう見たくない」と言って、鼻息荒くこの場を去っていく。

事実上の絶縁宣言。父に叩《たた》かれた左の頬がじりじりと痛んだ。

「そんな……」

俯《うつむ》きながら叩かれた頬を押さえ、ポツリと呟《つぶや》く。

私はどうなってもいい。でも、弟は……。

家を追い出されて、どうやって弟を守ったらいいの？

社会に出たこともない箱入り娘の姉と、入退院を繰り返している喘息持ちの弟。

これから先どうすればいい？

絶望に打ちひしがれていると、義母と義妹の声がした。

「新郎に逃げられるなんて、優里香さんつくづく運がないわねえ」

「お義姉さん、可哀想に。私だったらこんなの耐えられないわ」

悪意に満ちたその声を聞いて顔を上げると、ふたりの目は笑っていた。

形だけの同情。まるでいい気味と言っているかのよう。

今になって考えてみると、義妹の真奈《まな》は新郎の哲哉さんと親しげに話していたっけ。

真奈は小柄で、アイドルのようにかわいい顔をしているが、その見た目に反して計算高くてしたたか。恐らく私のことを『高飛車で性格が悪い』とか『男遊びが激しい』とか新郎に吹聴していたのだろう。でなければ、あばずれ女だなんて、彼がメモに書くはずがない。

私の評判を貶《おとし》めるのは、義母と義妹の常套《じょうとう》手段。

世間は私のことを、男を手玉に取る強欲な悪女だと思っている。

義母と義妹はパーティーに出席すれば、私のことを『高慢でふしだらな女』と言いふらし、うちのお手伝いさんにも『優里香さんに家を追い出すと言われたわ』と泣きついた。さらに義妹は私の友人たちに『お義姉さんに彼を寝取られた』『お義姉さんにお気に入りの服をハサミで切られた』などと嘘を言い、家でも外でも私は孤立した。

だが、私が一番許せなかったのは、義妹が私を苦境に陥らせるだけでは飽き足らず、私の友人たちにも嫌がらせをしたこと。SNSに【あの人はパパ活している】【彼女は売春している】と陰湿な書き込みをして、私の友人たちを困らせた。私が義妹を責めれば彼女たちにさらに危害が及ぶと思い、これ以上迷惑をかけないようにするために友人たちと縁を切った。

またこのふたりにやられた。

そんな苦い思いが胸に広がるが、口には出さず、ギュッと唇を噛《か》み、ふたりが立ち去るのをじっと待つ。

親族や招待客がみんないなくなると、チャペルの前には私とスタッフだけになった。くよくよしていても仕方がない。今日結婚したとしても、すぐに離婚したかもしれないし、人生なるようにしかならないのだから、気持ちを切り替えて前に進もう。

弟のことが心配だが、いくら父だって療養中の弟を水沢家からすぐに追い出すことはないはず。弟の回復を待ちつつ、今後のことを考えよう。

大丈夫。なにかしら弟に父の跡を継がせる方法があるはずだ。義妹だってすぐに結婚する様子はない。

祭壇を見つめながら自分に言い聞かせていたら、背後からカツンカツンと靴音がして誰かに肩を叩かれた。

「とんだ災難だったな。まあ、気を落とすな。たまにこういうことあるから」

その低音のセクシーな声には聞き覚えがあった。

「尊《たける》？」

ハッとして振り返ると、そこにはダークグレーの三つ揃いのスーツを着た幼馴染が立っていた。

百八十五センチの長身に漆黒《しっこく》の髪。男の色香が漂う切れ長二重の目。端正な顔立ちをしていてまるで王子さまのような気品がある彼は、久遠《くおん》ホールディングスの御曹司。

容姿も家柄も恵まれている彼だが、性格は俺様で腹黒、しかも女たらし。

同い年の彼とは幼稚舎から高校まで一緒で、学業においても常に私のライバルだった。といっても、私が彼に勝ったことは一度もない。私は毎回次席。

テスト結果を見て悔しがる私に、尊は『俺に勝てなくて残念だったな』と毎回慰めの言葉を口にして、いつもからかっていた。

高校卒業後、彼は渡英。

噂《うわさ》ではイギリスの会社で武者修行していると聞いていたのだけれど……。

「ほら、これ頬に当ててろ。少し赤くなってる」

尊は冷却パックを私の手に押し付ける。

きっと私が父に叩かれたところを見ていたに違いない。

「……いつ日本に戻ってきたの？」

なぜこの最悪な状況で彼に会わなければならないのだろう。

眉間にシワを寄せて問えば、彼は優雅な笑みを湛《たた》えて答える。

「二日前。うちのホテルで優里香が式を挙げるっていうから、様子を見に来たんだ」

そういえば、ここは久遠系列のホテルだった。

見に来なくてよかったのに。とんだピエロだ。

「そう。楽しんでいただけたかしら？」

尊をまっすぐに見て微笑しながらそんな皮肉を口にしたら、意外にも彼は顔をしかめて軽く溜《た》め息をついた。

「お前って本当……馬鹿。弱ってる相手をいじめて楽しむ趣味はない」

「そんな美学を持っていたなんて意外だわ。私を憐《あわ》れんでるの？」

昔の天敵に同情されるくらいなら、死んだ方がマシだ。

キッと尊を睨みつけると、彼は笑いながら頭を振った。

「全然。どうせ愛のない政略結婚だろ？　式が中止になってよかったじゃないか。なんなら祝杯でもあげるか？」

「丁重にお断りするわ」

とてもじゃないが今は尊の相手をする気になれず、素っ気なく断る。

すぐに私の前からいなくなるかと思ったが、彼は急に真面目な顔で告げた。

「優里香、悪いが明日の準備もあるからずっとここにいるわけにはいかない」

確かにそうだ。明日も朝から式を挙げるカップルはいるだろう。

それに、花婿に逃げられた私がいつまでもチャペルの前にいるのは縁起が悪いはず。

「ごめんなさい。邪魔だったわね。すぐに出ていくわ」

「いいから俺に付き合え」

尊が私の腕を掴んでスタスタと歩くので、足を止めて言った。

「待って！　オーケーした覚えはないわよ」

「式が中止になってどうせ暇なんだから付き合えよ」

ニヤリと笑って、彼は私を軽々と抱き上げる。

「ちょ……なにをするのよ！」

予想外の尊の行動にギョッとしながら文句を言うが、彼は構わず歩きだす。

「歩くのが大変だと思って抱き上げただけだ。お前、軽すぎ。ちゃんと食べてるのか？」

「それなりに食べてます」

本当は最近食欲がなくてあまり食べていない。

ムスッとしながら答える私を、彼はしばし見つめた。

「それなりにねえ」

きっと尊には嘘だとバレているに違いない。だが、私が痩せ細っていても、彼には関係のないこと。

「いったいどこに連れていく気？」

「俺の部屋」

面白《おもしろ》そうに目を光らせる彼を見て、猛抗議する。

「私はあなたと楽しむ気はないわよ」

「そんな期待はしていない。だが、その格好でバーに行けば目立つだろう？」

彼がドレスに目を向けるのを見て、反論した。

「今も充分目立ってるわ」

「それもそうだ」

尊が楽しそうにハハッと笑うものだから、呆《あき》れ顔で彼を見る。

なんだかひどく疲れてしまって、それ以上文句を言う気力もなくなった。

彼は客室棟の高層階にある部屋に行くと、リビングにあるソファに私を下ろした。

かなり広いスイートルームで、リビングだけでも三十畳はありそうだ。

「すごい部屋に泊まっているのね」

「急な帰国だったからまだマンションも手配してなくて……。当分ここに住むと思う。なにか食べたいものは？」

私の肩にジャケットをかける彼に向かって小さく頭を振る。

「いらない」

「俺の前で無様に倒れたくないだろ？」

私を挑発するように言い、尊はルームサービスで食事を手配する。その間、彼にもらった冷却パックを頬に当てていた。

父には何度も叩かれているから痛みには慣れている。でも、胸が痛いのはなぜだろう。

そんなことを考えていたら、尊が私の頬に触れてきた。

「よかった。赤みが引いたな」

彼の秀麗な顔がドアップで私の目に飛び込んでくる。

「へ、平気よ」

狼狽《うろた》えて素っ気ない言葉しか返せない私を見て、彼は「優里香、動揺してないか?」とクスッと笑った。

「動揺なんてしてないわ」と言い張るが、彼はまだ笑っていて信じていないようだった。

その後、彼が部屋に呼んだホテルスタッフの手を借り、ウエディングドレスから私服のネイビーのツーピースに着替え、ダイニングテーブルに着いて彼と食事をする。

出されたのは、牛フィレ肉のステーキ。

「これを新郎と思って切り刻めよ」

尊が私をいじってきて、顔をしかめた。

「弱ってる相手をいじめて楽しむ趣味はないって言ってなかった?」

「ストレス発散法をレクチャーしてるんだよ」

「まるで人の不幸を喜んでいるように見えるけど」

スーッと目を細めて尊を睨めば、彼は胸に手を当ててわざとらしくショックを受けた顔をする。

「そんな風に思われるなんて傷つくな」

こういう会話、なんだか懐かしい。

「あなたに人間らしい心があるなんて驚きだわ」

ツンケンした態度で返すが、彼と目が合い笑ってしまう。

尊と一緒にいたお陰で気が紛れたのか、思っていたよりも食が進んだ。

食事を終えると、彼に「風呂に入ってきたら？」と言われ、バスルームに行く。

最初は尊を警戒していたが、よくよく考えてみれば、彼は私なんか襲わなくてもどんな女だって選《よ》り取り見取り。ある意味、世界で一番安全な男かもしれない。

そのことに思い至り、脱衣場で服を脱いで、浴室に入る。

十畳くらいの広さで一面ガラス張り。バスタブは大理石だし、東京《とうきょう》の美しい夜景を望めて、とてもゴージャスだ。

街の灯りが宝石のように見える。綺麗だけど……なんだか虚しい。

式の後ようやくひとりになって、なぜか涙が込み上げてくる。

「ううっ……」

結婚相手には逃げられ、家も追い出され、散々な一日だった。

私の預金口座は父が管理しているし、今持っているクレジットカードもそのうち父に止められるだろうから、私が使えるお金なんてほとんどない。

頼れる友達も今はひとりもいない。義妹の嫌がらせもあって離れた友達もいたけど、私からも縁を切ったのだ。親友に害が及ぶことを避けたかった。

家もお金も仕事も友もいない。どうしてこうなってしまったのだろう。

前向きに考えようとしたけれど、やはり不安がどっと押し寄せてくる。

今の私は自分を守ることすらできないのだ。そんな体たらくで、どうやって弟を守るの？

シャワーを全開にして、声をあげて泣く。

ここなら誰にも気づかれない。

こんな泣き方をしたのは、母が死んで以来だった。

どれくらい泣いていたのだろう。

突然、ドアをコンコンとノックする音が聞こえてハッとする。

「優里香、大丈夫か？」

尊の声がして、つっかえながら答えた。

「だ、大丈夫」

そう答えて、慌てて髪や身体を洗う。

彼の気配がないのを確認すると、バスローブを羽織ってリビングに戻った。

尊はスーツのジャケットとベストを脱ぎ、ネクタイを外しながら電話で誰かと話していた。

よくわからないけど仕事の話のようだ。相手は秘書だろうか。

私がソファに座ると、彼は電話を終わらせ、グラスにブランデーを注いで私に手渡す。

「これ飲んで寝ろ。ぐっすり眠れるから」

「全然そんな気がしない」

グラスを見つめながら呟いて、ブランデーを一気に飲み干した。

「あー馬鹿。強い酒なんだから、そんな一気飲みするな」

ハーッと息を吐く彼に、グラスを差し出してお代わりを要求する。

「もっとちょうだい」

お酒を飲んですべてを忘れたい。

それで自分の人生もリセットできたらどんなにいいだろう。

「ダメだ。もうベッドで寝ろ。俺は別の部屋取ったから。きっとゆっくり休める」

尊にグラスを取り上げられて、背中をポンと叩かれた。

なんだか突き放された気がして急に怖くなる。

「……嫌」

今はひとりになりたくない。

か細い声で言ったら、彼が怪訝《けげん》な顔をして私の顔を覗き込んできた。
「優里香？」
母が死んで……、家族に嫌われ、婚約者も逃げた。
弟は今療養中で、相談する相手もいない。
孤独は寂しい。
尊がここからいなくなったら、誰も私には話しかけてもくれないかも。
水沢の家を追い出された今、私にはなにもない。私は無力だ。
これじゃあ弟を守れない――。
不安だった。怖かった。
義母や義妹が言う悪女になれば、この恐怖を感じずにいられるだろうか？
だったら、彼に抱かれれば変われる？
「ひとりにしないで……。今夜だけでいい。私を抱いて」
尊の両腕を掴んで懇願するが、彼は私を諭すように言う。
「今のお前は正気じゃない。自棄《やけ》になるな」
……あっさり断られた。
冷静な彼の言葉を聞いて、傷つかずにはいられなかった。

プライドを捨ててお願いしたのに、この有様。

ううん、当然よ。

「私じゃ抱く気にもならないわよね」

嘲《あざけ》るように言って、ギュッと唇を噛む。

「そんなこと言ってない」

彼は否定するが、もうこれ以上惨《みじ》めな思いはしたくなくて、ソファから立ち上がった。

「帰るわ。……迷惑かけてごめんなさい」

帰る場所なんてなかったが、かつてのライバルだった尊に醜態を見せたくなくてそう告げたら、彼が私の腕を強く掴んだ。

「帰らせない」

「尊……?」

驚いて目を見張る私に顔を近づけて、彼は喧嘩腰《けんかごし》で言う。

「後悔してもやめてやらないぞ」

その言葉を聞いてゴクッと息を呑《の》んだ。

尊は私を抱き上げ、奥にある寝室に向かい、キングサイズよりも大きなベッドに無造作に下ろす。そのせいで私の身体がボンとベッドに弾んだ。

彼はベッドサイドの間接照明をつけると、自分もベッドに上がって、シャツを脱ぎながら私を見つめる。

薄暗い照明の中、キラリと妖《あや》しく光る彼の目。

尊……すごく怒ってる？

急に尊が怖くなって身体を強張らせると、彼がハッとした表情をして私の頬に触れてきた。その手はとても温かい。

「狼に出くわしたうさぎみたいな顔をしてる。今にも震えそうだな」

クスッと笑って私をからかうその顔は余裕綽々《しゃくしゃく》としていて、私がよく知ってる尊だった。

いや、違う。私が知っている彼より優しかった。

「あなたなんか怖くないわ」

意地を張ってそう言い返す私に顔を近づけ、尊は「そういう気の強いところ、気に入ってる」と囁きながら私の唇を奪った。

世間では経験豊富なあばずれ女だと思われているけれど、処女だし、おまけにキスも初めて。どう対処していいのかわからない。

柔らかな彼の唇。肌にかかる温かい彼の吐息。

初めて経験する感覚に驚いていたら、尊が私のバスローブの紐《ひも》を外して、ブラの上から胸を揉《も》み上げてきた。

「あっ……」と思わず声が出て、口に手を当てると、彼が小さく笑った。

「まだ直に触れてないのに感じやすいんだな」

「違う」とすぐに否定する私の首筋に尊は唇を這《は》わせながら、楽しげに返した。

「そう言ってられるのも今のうち」

彼の余裕が羨《うらや》ましい。見るからに手慣れている。

それに比べ私は心臓がドキドキしてきて、どう呼吸していいかもわからなくなってきた。

尊は私の首筋から鎖骨へとキスしながら私のバスローブを脱がし、ブラも難なく取り去る。露《あら》わになった胸をまじまじと見て、彼は頬を緩めた。

「綺麗な身体してるな。シミひとつなくて、雪みたいに真っ白で」

「そ、そんなコメントいらないわ」

恥ずかしくて尊からプイッと顔を背けたら、彼にクスクス笑われた。

「今日初めてわかったことがある。優里香って褒められるとすごく照れるのな」

「照れてません！」

全力で否定する私を見て、彼は面白そうに目を光らせる。

「優里香、顔真っ赤」

「お酒を飲んだからよ」

私の言い訳を聞いて、彼がまたクスリと笑った。

「優里香、かわいいよ」

「かわいくな……!?」

すぐに否定しようとしたら、「ホント、かわいいよ」と尊が甘く囁き、ゆっくりと口づけた。

最初は下唇を弄《もてあそ》ぶように甘噛みしていたが、やがて舌を入れてきて、私の口内を探る。

濃厚なキスに驚く私の胸を、彼がその感触を楽しむように撫で回してきて、頭が真っ白になった。

なにこれ？

彼に触れられるたびに身体が熱くなる。

その後も尊は、私の身体中を唇と手で触れながら愛撫《あいぶ》し続けた。

「あ……あん！」

あまりに気持ちよくて喘《あえ》ぎ声が止まらない。

また手で口を押さえたら、彼にその手を掴まれた。

「ダメだ。優里香のかわいい声、もっと聞きたい」

かわいいなんて私に言うのは彼くらいだ。

美人や綺麗とはお世辞でよく言われて慣れているけれど、かわいいというのは初めてでかなり恥ずかしい。でも……嫌じゃなかった。

「尊の……変態」

照れ隠しに文句を言うが、彼はすこぶる嬉しそうに微笑《ほほえ》む。

「なんだろうな。他の奴にそんな暴言言われるとムカつくが、優里香だと楽しいよ」

チュッと軽くキスをして、尊は私の胸を舌で舐《な》め上げ、背中から腰を手で撫《な》で回した。

もっと乱暴に抱かれるかと思ったが、彼は私の頭から足の先まで慈《いつく》しむように触れる。絶え間なく甘美な刺激を与えられ、頭がおかしくなりそうだ。

どこか夢見心地でいたが、彼が私の秘部に触れてきてビクッとした。

「優里香？」

私の反応を変に思ったのか、尊が動きを止める。

「な、なんでもない。続けて」

平静を装ってそう言うと、彼は私の股の付け根を指で刺激してきた。

「あんっ……」

誰にも触れられたことのない場所で最初は緊張していたけれど、だんだん気持ちよくなってきて身悶《みもだ》えした。

だが、突然彼が愛撫をやめて離れようとしたので、慌てて彼の手を掴んで止めた。

「嫌。途中でやめないで」

「やめるわけじゃない。避妊具をつけるだけだ」

フッと笑いながらそう返す尊の言葉を聞いて、青ざめた。

私の馬鹿。経験がないのが彼にバレるじゃない。ここでやめられたら惨めだ。

「必要ないわ、ピルを飲んでるから」

それは本当。大学卒業後、義母や義妹の嫌がらせがひどくなり、生理不順になったこともあって、病院でピルを処方してもらっている。

「……わかった」

彼は数秒私をじっと見つめると、身体を重ねてきた。

噂には聞いていたけど、初めてだとかなり痛い。でも、絶対にバレたくない。

尊の背中を強く掴んで痛みをこらえる。

「かなり狭いな。大丈夫か？」

私を気遣う彼に、笑顔を作って言った。

「平気。このまま来て」

嫌なことをすべて忘れるくらいめちゃくちゃに抱いてほしい。

尊の首に腕を回したら、彼がキスをしながら私の中に入ってきた。

息が止まりそうなくらい痛かったけれど、私をなだめるような彼の口づけで痛みが緩和された気がする。

私がその状態に慣れてくると、彼がゆっくりと腰を動かしてきた。

痛みが消えて押し寄せる快感。

彼の動きがさらに激しくなって……。

「ああっ……んん！」

何度も何度も声がかれるくらい喘いで、彼と一緒に昇りつめていく。

「優里香」

彼が熱い目で私を見て、貪《むさぼ》るようにキスをしてきた。

私もたまらず彼のキスに応える。

ただただ彼が欲しい。肌が触れ合うことで安心する。

だから、彼を求めずにはいられない。

尊のすべてを全身で感じて、もうそれ以外のことは考えられなかった。

まるで最初からひとつだったかのよう。

今、私は……ひとりじゃない。だから、寂しくない。

「優里香、俺の名前呼んで」

彼に言われ、吐息と共にその名を口にする。

「尊」

彼がギュッと私を抱きしめてきて、最高潮に達すると、熱いなにかが私の中に溢《あふ》れてくるような気がした。

その後も何度も激しく愛し合って、いつ寝たかはわからない。

気づいたら朝になっていた。

新しい生活

目を開けると、大きなベッドにひとりで寝ていた。

「……朝？」

カーテンからは日の光が差し込んでいる。

ゆっくりと起き上がって周囲を確認するが、尊の姿はない。

昨夜、彼と身体を重ねたのは、夢だったのだろうか？

いや、違う。下腹部がちょっと痛いし、私の身体が彼の肌の温もりを覚えている。

とんでもないことをしてしまった。

でも、なんだろう。新しい自分に生まれ変わったような気がする。

気だるい身体に鞭打《むちう》ってベッドを抜け出すと、ベッドサイドのテーブルの上にあるメモに気づいた。

【仕事があるから出るが、お腹が空いたら自由にルームサービスを取っていい。なにかあれば連絡しろ】

達筆な字で、尊の携帯の番号も書かれていた。

連絡先まで書いておくなんて、尊にしてはお人好しすぎる。寝た女みんなにそんなことをしてるのだろうか。それとも、私が落ちぶれて心配してるの？

プライドの高い女だって思われようが、尊に情けなんてかけられたくない。彼とは対等でいたいのだ。

今、部屋に彼がいなくてホッとする。顔を合わせたら、気まずくてなにを話していいかわからなかっただろうから。

ひょっとしたら、私が処女だったってバレたかもしれない。だとすると、絶対にからかわれる……って、ああ～、もう彼のことは考えないの！

早くここから出ていかないと……。

「何時かしら？」

視線をさまよわせて時計を探すと、ベッドの横にデジタル時計があって、午前十時を過ぎたところだった。

かなり遅くまで寝てしまった。尊だっていつ戻ってくるかわからないし、急がなきゃ……。

もう彼に会うつもりはない。

彼の書いたメモの下に、【ありがとう】とだけメッセージを書くと、素早くシャワーを浴びる。

身体のあちこちに赤い鬱血痕《うっけつこん》がついているのに気づき、カーッと顔が熱くなった。

「尊……こんなにキスマークつけてなにやってるの！」

小声で彼を罵《のの》りながら身体を洗うと、ネイビーのツーピースに着替えた。

尊は私の朝食の心配をしてくれたけど、これ以上迷惑をかけたくなくて、すぐに部屋を後にする。だが、私にはどこにも行くあてはない。

所持金は二万三千円、あと電子マネーが一万二千円分チャージが残っている。

私が普段履いているパンプスも買えない。ホテルだってこの金額では数日しか泊まれないだろう。

一夜で社長令嬢からホームレスに転落。私が野垂れ死にしても、父は一ミリも涙を流さないと思う。なぜなら今まで父に愛された記憶がない。そもそも愛されていたら、家だって追い出されなかったはずだ。

これからどうすればいい？　仕事を見つける？

今後のことを考えながらホテルを出て少し歩くと、ホテルの隣のビルの一階にあるカフェからパンの香ばしい匂いがして、ギュルルとお腹が鳴った。

「腹が減っては戦《いくさ》はできぬ……よね。とりあえず、なにか食べよう」

カフェに入ると、白を基調とした北欧スタイルのテーブルと椅子が並んでいて、天井には丸いペンダントライトがつるされていた。とてもシンプルでお洒落だ。

二十席ほどある店内には、スーツ姿のサラリーマンが何人かいてくつろいでいる。

考えてみたら、今日は月曜日だっけ。

焼き立てのクロワッサンをトレーにのせると、カウンターでブレンドコーヒーを頼んだ。

三十代中頃の美人の店員さんが、手際よくコーヒーを淹《い》れて私に手渡す。

「五百円になります」

電子マネーで支払って奥の窓際の席に座り、テーブルにスマホを置く。

手を合わせ、早速クロワッサンをいただくと、サクサクしていてとても美味《おい》しかった。

「パリで食べたクロワッサンみたい」

高校の修学旅行で初めてパリに行った時、ホテルの朝食で口にしたクロワッサンがあまりに美味しくて感動したものだ。

だが、もうパリに行くことはないだろう。明日生きていけるかもわからない。

コーヒーもいい豆を使っているようで美味しかった。クロワッサンと合わせて五百円なんて安い。一杯千円出してもいいくらいの味だ。美味しいクロワッサンとコーヒー。小さな幸せ。

私も前に進まなければ……と思えてくる。

今まで父の言いなりになってきた。

母が亡くなって、頼れるのは父しかいなかったし、弟のこともあったから。

父の愛情を求めたけど、父には義母と義妹の方が大事で、それでもいつか私と弟のことも愛してくれるはずだと願ったが、そんな日は来なかった。多分これからも来ないだろう。

そんなことを考えていたら、テーブルに置いていたスマホがブルブルと震えた。

スマホを手に取って確認すると、弟の翔からＬＩＮＥが来ている。

【結婚式、どうだった？】

こんな文面のメッセージを送ってきたということは、家族の誰からも式が中止になったと知らされていないのだろう。父と弟は仲が悪いし、父が弟を見舞うことはほとんどない。

【花婿に逃げられて式は中止になったわ】

もともと弟は私の結婚に反対だったから、式がダメになったことを知ったら逆に喜ぶかも。

事実を書いて送るが、父に勘当されたことは伝えなかった。

【え？　なにそれ？】

その返信を見て、弟の戸惑いが伝わってくる。

【俺はあばずれ女となんか結婚しないって書き置き残して逃げたの。おかしいわよね】

【ひどい男だな。どうせあの人たちがなにかしたんだろ？】

あの人たちというのは、義母と義妹のことだ。弟も彼女たちを嫌っている。

【多分ね。今日はどう？　体調はいい？】

弟の身体が気になって尋ねるが、逆に心配された。

【俺はいいんだよ。姉ちゃんは大丈夫なのか？】

【うん。愛して結婚するわけじゃなかったし、平気よ。今だって、カフェでクロワッサン食べてる】

【そうか。なにか困ったことがあったら知らせろよ】

弟のメッセージを見て、元気が出てきた。

翔も早く病気を治そうと頑張っている。私もしっかりしないと……。

【うん。頼りにしてる。じゃあ】

LINEを終わらせてスマホをテーブルに戻し、椅子の背に深くもたれかかる。

私は変わらなくてはいけない。問題はこれからどう生きるかだ。

今まで父の仕事を手伝って会社のパーティーなどには参加してきたけれど、実務的なことはなにもしていない。父は古い考えを持った人で、女性が外で働くのをよく思わなかった。

外で働いた経験もなければ、なんの資格もない。そんな私が企業の面接を受けても採用されないだろう。

いや、私の悪評が広まっていて面接もさせてもらえないかもしれない。今の私を雇ってくれるところなんて風俗くらいかも。

どうすればいい?

スマホをじっと見つめながら今後のことを考える。

祖父に相談する? ううん、それはダメだ。

母方の祖父は私と弟にとって親族の中で唯一の味方だが、今年の夏に心臓を悪くして入院している。

実は結婚のことだって伝えていない。孫が望まない結婚をさせられると祖父が知ったらショックを受けると思って言わなかった。

結婚はダメになったけど、私が父に家を追い出されたことだって言えない。伝えたら、父に対する怒りで発作を起こしそうだ。

頼れる人はいない。仕事のスキルもなにもない。

「……八方塞がりだわ」

ハーッと溜め息をついて、窓の外を眺める。

オフィス街を颯爽《さっそう》と歩いていくサラリーマンやOLたち。なんだか素敵だ。ううん、彼らだけじゃない。このカフェの店員さんも、ビルの清掃をしている人も、ちゃんと働いている人はみんな輝いているように見えた。

それに比べて私は惨めね。生活のためなら身体を売るべき？

もう処女でもないし、婚約者もいない。私がプライドさえ捨てればできるはず。

スマホを再び手に取って、風俗関係の求人を検索する。

ソープ、デリヘル、交際クラブ、風俗エステ……。いろいろ種類があって、違いもよくわからない。

果たして私にできるのだろうか？　何度も悩んで考える。でも、答えなんて出ない。

考えているうちに日がすっかり暮れてしまった。

どうしよう……。あと数日で私は確実に一文無しになる。

迷うのは、私にまだ身体を売る覚悟ができていないからだ。情けない。

「……さま、お客さま」

コーヒーを淹れてくれた美人の店員さんの声にハッと我に返った私は、スマホの画面から顔を上げて「はい？」と返事をする。

「申し訳ないのですが、もう閉店時間でって……あなた⁉」

店員さんの視線が私のスマホに向けられていて慌てて手で隠した。

「あの……これは違うんです。なんでもないんです」

他人に風俗で働くなんて知られたくない。

必死にごまかそうとするが、店員さんはジーッと私を見据えて問う。

「あなた、お金がないの？」

「それは……」

恥ずかしくて素直に『はい』とは言えなかった。

「朝からずっといたわね？」

店員さんはまるで刑事のように尋問してくる。

威圧感を覚えながらも、なんとか話を逸《そ》らそうと試みた。

「長居してしまってすみません。追加料金をお支払いした方がいいでしょうか？」

「そういう意味で言ったんじゃないのよ。風俗なんてやめておきなさい」

初めて会った人に諭すように言われ、ショックを受けた。

違うと嘘をついたところでこの人は信じないだろう。

「でも……家を追い出されてどこにも行くあてがないんです。今の私を雇ってくれるとこなんてきっと風俗くらいしかない」

プライドを捨てて自分の事情を話すと、彼女は私の服や腕時計に目を向けた。

「あなた、いいとこのお嬢さまでしょう？　訳ありのようね。ねえ、よかったらなにがあったか話してくれない？　相談に乗るわよ」

優しい言葉をかけられ、目頭が熱くなったと思ったら、涙がこぼれ落ちた。

「あっ……やだ」

手の甲に落ちた涙を見てハンカチを出そうとする私を、女性店員さんが突然抱きしめる。

「よほどつらいことがあったのね」

「す、すみません」

びっくりしながらも謝ると、彼女は私の背中をトントンと優しく叩く。

「泣きたい時は泣きなさい」

声がなんとなく母に似ていたせいか、子供のようにしゃくり上げて泣いた。

なぜこんなに涙腺が緩くなったのだろう。

「私は……水沢優里香と言います」

心が落ち着いてくると、彼女に水沢家のことや、昨日結婚式で花婿に逃げられたこと、それに父に勘当されたことも話した。

「ミズサワビールの社長令嬢ね、道理で品があるはずだわ」

「今はホームレスです」

自虐的に言う私を、彼女は温かい目で見つめる。

「あなた、よかったらここで働かない?」

彼女の申し出が信じられなかった。

「でも、私……カフェで働いたことがないんです。それに、店長さんのオーケーがないと無理じゃないですか?」

勝手に話を決めては、彼女に迷惑がかかる。

「ここのオーナーは私よ。未経験でもあなたのような美人なら大歓迎だわ」

私の肩をポンと叩き、彼女は口元に笑みを湛えて微笑む。

「本当にいいんですか？」

まだ半信半疑の私は、彼女に確認した。

「もちろんよ。私は山本麗《やまもとれい》。住むとこだけど、うちに来るといいわ。部屋が余っているの」

「山本さん……」

身内にはひどい目に遭わされてきたけれど、こんなにも私に優しくしてくれる人がいる。

また泣きそうになっている私に、彼女は笑って名前の呼び方を訂正した。

「麗って呼んで、優里香ちゃん」

「……麗さん、ありがとうございます」

思わず極まってしまった私は、立ち上がって彼女の手をギュッと握った。

次の日から早速、麗さんのカフェで働き始めた。

黒のシャツに真紅のタイトスカートがここの制服。

働くのは初めてだからなんだか新鮮だ。

昨夜はカフェを閉めた麗さんと一緒に彼女の行きつけのイタリアンで食事をしてか

ら、麻布《あざぶ》にある彼女のマンションへ——。

麗さんの部屋は3LDKで、物置になっていた部屋を借りることになった。

彼女は四十三歳。旦那さまに先立たれて、現在ひとり暮らし。

住んでいるのは高級マンションだし、出身校も私と同じ有名私立の星蘭《せいらん》だから、かなりお金持ちだと思う。おまけにこの高層ビルの一階にチェーン店でもないカフェを営業しているなんて只者ではない。

本人は『カフェをやってみたかったの』と趣味でも始めるような軽い調子で言っていたけど。

午前中は会計を担当。お客さんが少なくなると、コーヒーマシーンの使い方を麗さんにレクチャーしてもらった。

「そう。上手じゃない。メニューももう全部頭に入ってるみたいだし、優里香ちゃん、物覚えいいわね」

麗さんが褒めるが、ブンブンと首を横に振った。

「いいえ。麗さんの教え方がいいんですよ」

「バイトも雇ってるけど、優里香ちゃんすごいわよ。私、なにもしなくていいかもしれないわね」

「褒めすぎです。やっぱり初めての接客だから緊張します。声だって震えちゃって」

空いてる時間にそんな会話をしながら仕事を覚える。

夕方になるとずっと立ちっぱなしだったせいか、足が痛くなってきた。

それにずっと笑顔でいたから、顔の筋肉がピクピクいっている。

働くって大変。パーティーなら適当に抜けられるけど、仕事は勝手に休憩できない。

お客さんがいない時にふくらはぎをトントン叩いていたら、麗さんに声をかけられた。

「優里香ちゃん、ちょっと休憩取りなさい」

麗さんが焼きたてのクロワッサンとコーヒーをトレーにのせて、私に手渡す。

「ありがとうございます」

ニコッと微笑んで、近くのテーブルでひと息ついた。

クロワッサンの香ばしい匂いが最高の癒《い》やし。

麗さんは優しくて素敵なオーナーだし、彼女と出会えた私はとても幸運だった。

今日から私は第二の人生を始めるんだ。一生懸命働いて自立して、いつか弟と一緒に暮らせるよう頑張ろう。

そういえば……尊、私のことを心配してるだろうか。

彼は私の連絡先を知らない。

ううん、私のことなんか気にすることもないか。私は彼にとってたった一夜を共に過ごした女のひとりでしかないはず。

それでもあの夜、彼が一緒にいてくれてよかった。

尊が滞在するホテルのすぐ横のビルで働くから、彼に偶然会わないか少し気がかりではあるけれど、彼は自分で飲み物なんか買いに来ないだろう。

彼は大企業の御曹司で、私はカフェの店員。もう住む世界が違う。

尊のことをふと思いながら休憩を取り、また仕事に戻る。

その後も笑顔で接客をしていると、あっという間に夜になった。

あと五分で閉店時間の午後八時。

麗さんと一緒にパンのトレーを片付けていたら、「カプチーノ、ひとつ」とよく知った声がして思わず固まった。

聞いただけで身体がゾクッと震える、テノール調のセクシーな声。

こんな美声の持ち主は、私が知る限りひとりしかいない。

う……そ。尊？

恐る恐る声がした方を振り向いたら、ダークグレーのロングコートを身に纏《まと》った尊がいて絶句した。

ちょっと悪戯《いたずら》っぽく微笑んでいる彼はそんな私を見て、再度注文を伝える。

「シナモンパウダーをたっぷりかけたカプチーノをひとつ頼む。もうすぐ閉まるみたいだから持ち帰りで」

どうしてここに？

そんな疑問を抱きつつもなんとか「はい」と返事をしてカプチーノを作る。

まさか尊に会うなんて思ってもみなかった。気まずくて彼の顔を直視できない。

「四百円になります」と伝え、紙カップを尊に手渡そうとしたら、彼の指が触れてドキッとした。

「ありがとう」

尊は電子決済で支払いを済ませ、柔らかな笑みを浮かべる。

そんな彼がキラキラして見えた。

ボーッとしていたら、麗さんに「優里香ちゃん、今日はもう上がっていいわよ」と声をかけられた。

「は、はい」

慌てて返事をして、スタッフルームに行って着替える。

どうして尊がカフェに現れたの？

でも、彼はあの夜のことがあったのに、いつも通りだった。

私だけ動揺して馬鹿みたい。彼にとっては珍しいことでもなんでもないのだろう。

だから、私も気にしなければいい。

着替えを済ませてスタッフルームを出ると、もうとっくに帰ったかと思っていた尊が麗さんと一緒にテーブルに座っていて目を丸くした。

ふたりは親しそうに会話をしている。年は離れているけれど、美男美女でなんだかお似合い。麗さんは大人の女性だし、尊も女性の年齢にこだわらないタイプに思える。

ふたりを見てなぜだか知らないけれど、胸がチクッとした。

「ひょっとして……ふたりは恋人？」

なにも考えずに思ったままを口にしたら、尊と麗さんに爆笑された。

「ハハッ……ない。叔母と甥《おい》なのに恋人って……」

「こんな腹黒坊やの面倒見るなんてゴメンだわ」

え？　叔母と甥？

目をパチクリさせる私に、尊がにこやかに説明する。

「麗さんは親父の妹なんだ。昨日、【尊の幼馴染を雇ったから、店に顔出せ】って俺に唐突にメッセージを送ってきて、来てみれば優里香だったってわけ」

「昔、優里香ちゃんが尊の誕生日パーティーに来ていたことを思い出したのよ。尊が七歳の時だったかしら？　ワインレッドの素敵なドレスを着て、私に『こんにちは』って笑顔で挨拶してね。小さい頃から優里香ちゃん美人さんだったわよね」

麗さんが私を見てしみじみと言う。

……世間てなんて狭いのだろう。まさか麗さんが尊の叔母で、子供の頃に会っていたなんて……。

いいマンションに住んで、ここにカフェを持っているのも納得だわ。

なんといってもあの天下の久遠一族なのだから。

「じゃあ行こうか」

尊が椅子から立ち上がり、当然のように私の手を掴んだのでキョトンとした。

「え？」

状況を読めない私にはなんの説明もなく、彼は麗さんに「優里香を借りる」と言って私を連れ出す。

麗さんが止めてくれればよかったのだけれど、彼女は「いってらっしゃい」とひらひらと手を振って私たちを見送った。

「待って。私はあなたと行くなんて……」

ビルを出たところでそう訴えても、尊は私の手を引いて歩き続ける。

「昨日、優里香から連絡がなかったから心配したんだ。まさか麗さんのとこにいるなんて思わなかったけどな」

「私の心配なんていいのに」

素っ気なく返すと、彼は突然立ち止まって優しい目で微笑んだ。

「そういうわけにはいかない。身体は大丈夫だったか？　お前、初めてだっただろ？」

「……大丈夫よ。だから私の心配なんてしなくていい」

図星をさされてギクッとするも、ムキになって言い返した。

初めてだったか、という彼の質問はスルーした。というか、するしかなかった。

処女だったことがバレて、もうなけなしのプライドはズタズタだ。

「そう強がるなよ。悪女で有名な優里香が経験なかったなんてな」

案の定、尊が私をいじってきたから、悔しくてキッと彼を睨みつける。

「からかわないで！　どうしてイギリスにいて私の噂を知ってるの？」

「高校時代の友達が優里香のことを話してたから。だが、噂なんてあてにならないって実感したよ」

彼が真剣な顔で私を見つめてきて、なにも言い返せなかった。

それから尊と一夜を過ごしたホテルのレストランで食事をするが、もう彼はあの夜のことには触れなかった。

「イギリスの久遠の系列会社に入っていくつも商談をまとめたんだ」

「へえ、さすがね」

「イギリスでも女がしつこく誘ってきて、断るのが大変だったよ」

「ふーん、モテる男は大変ね」

そんな感じで尊の自慢話に苦笑いしながら相槌《あいづち》を打っていたのだけれど、食後のデザートが出てきたところでそれまで陽気な感じで話していた彼が急に表情を変えた。

「今、麗さんのマンションにいるんだってな。どうして家に戻らない?」

本題はこっちか。ごまかしてもそのうち彼に知られてしまうだろう。

「結婚がダメになって父に縁を切られたの。義母たちともうまくいってなくて」

正直に話すと、彼はなにか考え込むように小さく頷いた。

「ああ、お前の父親再婚したんだっけ。……そうか。言ってくれたらどこか部屋を用意させたのに」

彼の言葉がカチンときて言い返す。

「物乞《ものご》いみたいな真似はしたくなかったの！」

どこか住むところを提供して……なんて頼めるわけがない。

「お前ってホント意地っ張り。そういえば、翔くんは元気にしてるのか？」

やれやれといった顔で額に手を当てると、彼は不意に弟のことを尋ねた。

「今、山梨の療養所にいるの。最近私が忙しくて会っていないけれど、ＬＩＮＥのやり取りでは症状は落ち着いているって」

「それはよかった。だが、今の状況、翔くんにも伝えていないだろ？」

「伝えたところで心配をかけるだけ。これ以上、父と弟を仲違《なかたが》いさせたくないの。ただでさえ顔を合わせれば喧嘩ばかりするから。自分のことは自分でなんとかするわ。だから、弟には病気を治すことだけ考えてほしいのよ」

苦手なワインをゴクゴクと口にしながら家族の話をする私を、彼は注意する。

「またそんな飲み方をして。それ以上飲むな」

尊は私のグラスを取り上げると、テーブルの上で手を組んだ。

「それで、麗さんのところでやっていけそうなのか？」

「ええ。まだ一日しか働いていないけれど、楽しいわ。生まれ変わったつもりで頑張るわ」

過去のことをくよくよ悩んでも仕方がない。

「それでこそ優里香だ」

どこか楽しげに微笑む彼に、ボソッと言った。

「……尊には感謝してる」

頑張ってお礼を言ったのに、彼は意地悪く目を光らせる。

「感謝の気持ちは言葉じゃなくて、別のもので示してほしいな」

「別のものって？」

尊の目を見て聞き返したら、彼が悪戯っぽく笑った。

「熱いキスとか？」

「他を当たってちょうだい」

尊の返答に呆れて無表情で返すと、彼はそんな私をじっと見つめる。

「元気になってくれてよかったよ。優里香がしおらしいと調子が狂うからな」

この優しさがなんだか憎らしい。

「あら、私はいつもしおらしいわよ」

わざと高慢な女のふりをすれば、尊がクスッと笑ってつっこんだ。

「厚かましいの間違いじゃないか？」

「イギリスへ行って日本語を忘れたのではなくて？」

私がすかさずやり返して、彼がハハッと笑う。

「なんかこの会話。日本に帰ってきたって実感する」

そんなたわいもない会話をして食事を終わらせると、彼はタクシーを呼んでわざわざ麗さんのマンションまで送ってくれた。

「ひょっとして、今夜も一緒に過ごすって期待した？」

タクシーを降りる時に尊が私をからかってきたので、上目遣いに彼を見て否定した。

「期待なんてしてません」

「それは残念だな」

フッとどこか意味深に笑ったと思ったら、彼は私の頬にチュッとキスをしてセクシーな声で囁いた。

「おやすみ、優里香」

私の見合い相手

「カプチーノひとつ、シナモンパウダーたっぷりで」

ランチタイムが終わった頃、いつものように尊が現れた。

「はい。四百円になります」

忙しいはずなのにまた来たのね。

溜め息をつきたいところだが、一応彼もお客さま。笑顔を作って、彼にカップを手渡す。

実は麗さんのカフェがあるこのビルは、久遠ホールディングスの新社屋で、尊のオフィスもここにある。

カフェで働き始めて一カ月経ったが、もうすっかり仕事に慣れて常連さんとも親しくなった。

尊も叔母の店ということもあってか、毎日のように訪れ、私と五分ほど話して去っていく。

日本帰国後、彼は久遠ホールディングスの副社長として活躍している。

この一カ月の間にアメリカの大手IT企業を買収し、携帯電話事業にも進出。久遠の帝国はますます拡大しそうだ。

何度か尊の秘書に頼まれてコーヒーをデリバリーしたが、彼の執務室は最上階の五十階にあるとても広くて眺めのいい部屋だった。

「電子マネーで頼む。もうすっかり店の顔だな。優里香目当ての客も多いんじゃないか？　変な客がいたら言えよ。警備員を配置させるから」

尊はスマホを出して支払いを済ませると、店内を見回した。

「今のところは大丈夫よ。護身術を習っていたから、いてもうまくあしらえるわ」

実際、私の手を掴んでしつこく絡んできた客もいたが、『警察呼びますよ』と言ったらそそくさと逃げていった。

しかし、彼は私が過信していると思っているのか、スーッと目を細める。

「優里香、ちゃんと報告しろよ。なにか起こってからでは遅い……!?」

彼のお小言が長くなりそうだったので、カップを指差した。

「せっかく淹れたカプチーノが冷めるわよ」

「そうだった。……やっぱここのカプチーノはうまいな」

尊はカウンターにもたれながらカプチーノを口にし、満足そうに頬を緩めた。

「いいの？ すぐに戻らなくて。仕事忙しいんじゃない？」

副社長の彼はきっと分刻みのスケジュールのはず。ここに顔を出している場合ではないと思う。

しかも、麗さんは休憩中でいない。私が相手ではつまらないでしょうに。

「俺もたまには息抜きしないと疲れるわけ」

ハーッと溜め息をつきながら彼はカプチーノを口に運ぶ。

日本に帰ってからずっと働き通しだったみたいだし、かなり疲れも溜まっているのだろう。

彼は頭もよくてビジネスの才覚もあるが、やはり人の何倍も陰で努力している。

「お昼はちゃんと食べたの？」

ちょっと尊の身体が心配になって聞くと、彼はうんざりした顔で答える。

「ランチミーティングで弁当食ったよ。揚げ物ばっかの」

「それは可哀想に」

私が同情の言葉を口にしたその時、カツカツと靴音がして尊の秘書がやってきた。

「尊さま、執務室にいないと思ったら、またここで油売って……。佐藤《さとう》商事の社長がお見えです」

眉間にシワを寄せて現れたのは、尊の秘書の真田政孝《さなだまさたか》さん。

背は尊くらいあって、髪は黒く、清潔感のあるツーブロック。シルバーフレームのメガネをかけていて知的なイメージの真田さんは、年は二十八歳で、子供の頃から尊に仕えている。

私も何度か尊の実家で顔を合わせたことがあって、真田さんの存在は知っていたが、今ではすっかり顔馴染み。

真田さんの家は祖父の代から久遠家に仕えていて、彼も小さい頃から影のようにずっと尊のそばにいる。文武両道で年の近い尊の教育係といったところ。

尊のイギリス留学にも真田さんはついていったらしい。今も尊の秘書としてそばにいるし、尊にとっては家族同然。クールで人を寄せ付けない印象だけれど、尊の幼馴染ということもあってか、私には優しく接してくれる。

「優里香さま、また尊さまが現れたら、私の方に連絡をいただけますか?」

真田さんの頼みに笑顔で応じた。

「ええ。わかりました」

「お前たち、変なところで結託するな」

尊が面白くなさそうな顔をしてつっこむ。

「結託なんて人聞きが悪いわね。あなたが真田さんを困らせるからでしょう？　部下は大事にしないと」

「フフッ。こいつに説教するなんて優里香ちゃんくらいよ」

麗さんが休憩から戻ってきてどこか自慢げに私の肩をポンと叩けば、尊も私を見つめて楽しげに笑った。

「他の奴なら許さないけどな。まあ優里香は特別」

その思わせぶりな言い方にドキッとする。

それって幼馴染だから？　それとも私を抱いたから？

尊とはあの夜以来、肌を重ねていない。なのに、昔と違って私を見つめる目がとても甘く感じるのはなぜだろう。

多分、初めての相手だったから異性として意識してしまうのだ。

そう自分に言い聞かせるが、もう昔のように普通に彼と接するのが難しくなった。

今だって心臓がドキドキしている。

彼に頼まれたカプチーノを淹れる時だって、粗相をしないように自分を落ち着かせるのに必死だった。

私の動揺を悟られぬよう、彼のネクタイを掴んで麗さんのように振る舞った。

「その魅力、よそで使った方がいいわよ、色男さん」

「さらりとかわされると、余計に落としたくなるんだけどな」

尊の目が悪戯っぽく光る。

その気もないのによく言う。ホント、なにを考えているのかわからない人。

私をからかってストレス発散しているのかも。

「尊さま、もうこれ以上待たせるのはよくないです」

真田さんに急かされ、尊はやれやれといった顔で返事をする。

「はいはい。カプチーノごちそうさま」

私にカップを手渡し、尊は真田さんを連れて去っていく。

「尊、優里香ちゃん相手だと楽しそうな顔するわね」

「昔から知ってるからいじりやすいんですよ」

「それだけあいつが優里香ちゃんに心を許してるってことじゃない。あいつおすすめよ、どう?」

麗さんがとんでもないことを言い出したので、かなり狼狽えた。

「れ、麗さん、からかわないでください。私、花婿に逃げられてまだ一カ月しか経ってないんですよ」

「でも、あいつとなにかあったんじゃない？」

多分、私と尊のただならぬ空気で察したのかもしれない。

麗さんの鋭い言葉に一瞬固まったが、小声で返した。

「……あったとしても、私はもう社長令嬢じゃありません。彼とは住む世界が違いますから」

線引きをしてこの話を終わらせようとしたが、彼女は私が触れてほしくないことを聞いてくる。

「それって気持ちはあいつにあるってことじゃないの？」

「気持ち以前の問題です。今の私は生きていくので精一杯ですから、恋なんてする暇はないんですよ」

ニコッと笑って答えをはぐらかした。

自分でも尊のことをどう思っているのかよくわからない。わかっているのは、彼の顔を見ると心臓がドキドキするということ。でも、その理由を深く考えてはいけない。

ただ彼が私の初めての人だから、他の男とは違うように思えるだけ。おまけに彼には私が処女だったという弱味も握られている。だから、胸がおかしくなるのだろう。

考えてみたら、私は小さい頃から勉強しかしてこなくて、誰かを本気で好きになったことなどなかった。尊をテストで負かすことしか頭になかったように思う。それに、中学の時に母がガンで入院し、弟の世話もあって、恋愛なんてする心の余裕はなかった。

大学に入ってからは家族関係に悩んで、そして今この有り様。もう生きていくので必死だ。尊だって自分のビジネスを進めるのに最適な相手を伴侶《はんりょ》に選ぶはず。

「すみません。カフェラテひとつお願いします」

物思いに耽っていたら二十代後半くらいの黒髪ボブの女性客が来て、ハッとしつつも笑顔を作って対応した。

「こんにちは。四百円になります。休憩ですか?」

カフェラテを作って手渡すと、その女性は「ええ」と返事をして電子マネーで支払いをする。

彼女は田村紗良《たむらさら》といって、私が前にお世話になったブライダルサロンのスタッフ。ホテルの隣のビルにこのカフェがあるからか、彼女はよく利用してくれる。顔馴染みになってからは、ファーストネームで呼び合うようになった。

そんな紗良さんと尊は友人のようで、彼女が来店した時にたまたま尊がいて、ふたりは親しげに話をしていた。

　尊の話では、彼女は大手旅行会社『Tツーリスト』の社長令嬢らしい。なんでも尊が留学していた大学に彼女も通っていたとか。美人でバリバリ仕事をしている彼女がちょっと羨ましく思えた。

　それだけじゃない。先日ビルを出たところで紗良さんと尊が話しているのを偶然見かけた。談笑していたふたりは、はたから見ているとまるで恋人同士のようで……。彼女の手が親しげに彼の腕に触れていて、なんだか胸がざわついた。

　尊が女性と一緒にいるのなんて、珍しいことでもないのに……。どうして？

「……さん、あの、優里香さん？」

　紗良さんに名前を呼ばれて我に返った私は慌てて返事をする。

「は、はい。なんでしょうか？」

「優里香さんは、尊……久遠さんと知り合いなんですか？」

　思わぬ質問をされ、少し戸惑いながら答える。

「……幼馴染です。高校まで同じ学校に通っていました」

「そうなんですね。久遠さんがあなたと親しそうに話していたから、ちょっと気になってしまって。じゃあ」

　彼女は軽く会釈して店を出ていく。

ひょっとしたら、私のことを尊の元カノと思ったのかもしれない。

彼女……きっと尊が好きなのね。

ああ~、なに考えてるの！　私にはふたりのことなんて関係ないのに。

今はこつこつ働いてお金を貯めて、ひとり暮らしをするのが目標なんだから、余計なことは考えないの。

温かいコーヒーに香ばしいクロワッサンが今の私の幸せ。それで満足よ。そう……満足しなきゃ。

尊のことを頭から追い出して仕事に集中していたら、いつの間にか夕方になっていた。

「抹茶ラテひとつ。店内で」

ニヤリとしてそう注文したのは、義理の妹の真奈。

どうして真奈がここに？　家族の誰にも私がここで働いていることは知らせていないのに。

嫌な人物がカウンターに現れ、反射的に身体が強張ったが、平静を装い、「かしこまりました」と返事をして、抹茶ラテを用意する。

「大学時代の先輩がね、お義姉さんがここで働いてるっていうから来てみたの。元気そうね」

ちょっと不服そうに話しかけてきた義妹の目は、妖しい光を放っていた。

「四百五十円になります」

義妹の話を無視して抹茶ラテをカウンターに置き、金額を伝える。すると、彼女はうっすら口角を上げ、なにを思ったか私に向かってカップの中身をぶちまけた。

「もっと落ちればいいのよ」

「熱い……！　すみません。淹れ直し……!?」

悪いのは義妹だったが、あくまでも店員として謝罪をしたら、上から目線で言われた。

「結構よ」

ほくそ笑んで店から去ろうとする義妹を、麗さんが血相を変えて引き止める。

「ちょっとあなた、うちの店員になにを……!?」

義妹に目をつけられて、麗さんまでなにかされたらたまらないと思い、慌てて彼女に声をかけた。

「麗さん、いいんです……！」

麗さんを止めて、そのまま義妹を行かせる。

そこへ入れ替わるようにして尊が駆けつけてきた。

「優里香！」

彼はひと目見て状況を察すると、問答無用で私をトイレに連行する。

「馬鹿。火傷《やけど》したらすぐに冷やせよ」

手洗い場の蛇口《じゃぐち》を捻り、彼は火傷した私の手を流水で冷やす。

「尊、仕事は？」

真田さんが背後にいたから、今から外出するのかもしれない。だとしたら、ここで私の手当てをする時間なんてないはずだ。

「それよりもこっちが優先だ。俺の母さんが昔ひどい火傷を負ったことがあるから、放っておけないんだよ」

心配してくれるのはありがたいが、彼だって大事な仕事がある。

「真田さんに怒られるわ」

「お前の手にひどい痕《あと》が残るよりいい」

その言葉が私の胸を打った。

「火傷した人全員助けてたら、尊の身がもたないわよ」

優しく声をかけると、彼はハッとした顔をして私を見つめてきた。

「俺の心配は優里香がしてくれるじゃないか」

尊がニヤリとするので、ツンとそっぽを向いて突っぱねた。

「心配なんかしてません！」

「お前はもっと自分の心配をしろ。さっきすれ違った女にやられたのか？」

彼が確認してきて小さく頷いた。

「まあね。義妹よ。『もっと落ちればいいのよ』って言われたわ。この店になにかされないか心配。迷惑をかけたらどうしよう」

もし義妹が店や麗さんに嫌がらせしてきたら？

「だから、自分の心配をしろって言ってるだろ。手、水ぶくれになってるじゃないか。これは医者に診てもらった方がいい」

「平気よ。まだ勤務中だし」

「ダメだ」

充分に水で冷やすと、彼はトイレを出て真田さんを呼んだ。

「真田、今すぐ産業医を……って、もう呼んでいたか。さすがだな」

真田さんの横に白衣を着た男性がいるのを見て、尊は小さく笑った。

「必要になると思いましたので。先生お願いします」

真田さんが産業医の先生に声をかけると、すぐに火傷の手当てをしてもらった。

店内にいる客の視線が私たちに注がれていて、なんだか居たたまれない気持ちになる。手をちょっと火傷しただけなのに大事になってしまった。

「この程度なら痕も残らないでしょう。一週間ほど軟膏《なんこう》を塗って様子を見てくださ い」

医師の言葉を聞いて、ホッと胸を撫で下ろす。

「はい。ありがとうございました」

医師にお礼を言うと、真田さんに目を向けた。

「真田さん、私のせいですみません。尊の予定大丈夫ですか?」

尊の仕事が気になる私に、彼は温かい目で微笑んだ。

「優里香さまのせいではありませんし、尊さまの予定も大丈夫ですよ。火傷がたいしたことなくて安心いたしました」

「尊もありがとう。迷惑をかけてしまってごめんなさい」

素早く最初の処置をしてくれた尊にも、心から謝る。

私は麗さんのところにいてはいけないのかもしれない。

私はどうなってもいい。でも、麗さんや他の人に危害を加えられたら自分を絶対に許せない。

「お前ねえ、火傷よりも心の方が心配だな。ここを辞めるとか考えるなよ。突然いなくなられる方が迷惑だ」

尊がツンと指で私の額を突く。

「尊……」

私の考えを読まれていて驚かずにはいられなかった。

じっと尊の顔を見ていたら、麗さんが彼の肩にポンと手を置いた。

「そうよ、優里香ちゃん。もし、優里香ちゃんがいなくなったら、こいつ地球の果てまで探しに行くわよ。最近知ったけど、一度自分の懐《ふところ》に入れた相手にはとことん尽くすみたいだから」

麗さんの発言に、真田さんがコクコクと頷く。

「ええ。確実に私の業務が増えますので、優里香さまは勝手にいなくならないでくださいね」

みんな……なんていい人たちなのだろう。

胸に熱いものが込み上げてくる。

「ありがとう」

私が笑顔を見せると、尊は私の頭をポンポン叩いた。

「そうそう。お前は笑っていろ。美人はただ微笑むだけで周囲を明るくする。それで、この店も繁盛する」

「私、ちゃんと仕事だってしてるわ」

クスッと笑って拗《す》ねてみせる私に、彼はとびきり甘い顔で微笑んだ。

「知ってるよ。今日は火傷した手を使うなよ。お前は頑張りすぎるから、決して無理するな」

そう私に釘《くぎ》を刺して、彼は真田さんを伴って店を後にする。

『お前は頑張りすぎる』

彼のその言葉がずっと私の頭に残っていた。

誰からもそんな風に言われたことがなかったから、嬉しかったのかもしれない。

なにをやってもできて当たり前のように思われていたから、私の努力を認めてもらえた気がしたのだ。

その後は、会計や店内の掃除をしていた。

火傷したところはちょっとヒリヒリするが、痛み止めは必要ない。

十七時を過ぎると、麗さんに声をかけられた。

「優里香ちゃん、今日はもう上がりなさい」

「はい」と返事をしてスタッフルームで服を着替え、レザーのコートを羽織る。

今着ている服とコートは麗さんのお下がり。体型が似ていることもあって、彼女は私に服をくれた。

仕事では私のボスだけど、プライベートでは彼女は私にとって姉のような存在。同居もかなりうまくいっている。

スタッフルームを出て、麗さんやバイトの子に挨拶して店を後にすると、店の横に警備員がいた。

尊……早速、警備員手配してる。

そんなことを思いながらビルを出る前に何気なくスマホを見たら、母方の祖父からメッセージが来ていた。

【元気にしているか？　そろそろ優里香の顔が見たいな】

結婚のこともあったし、忙しくてずっと連絡してなかったんだもの。おじいちゃんも寂しいわよね。

【今から行くわ】

祖父に返事を送ると、ビルの前でタクシーを捕まえて祖父のいる病院に向かう。

祖父は都内にある大学病院に入院しているのだけれど、メッセージを送ってきたということは、症状が落ち着いているのだろう。

元気になってよかった。弱ったおじいちゃんは見たくないもの。

スマホをバッグにしまい、ホッと胸を撫で下ろす。

病院に着くと、まっすぐ祖父の病室へ——。

入口のドアの前にあるアルコールで手を消毒し、コンコンとノックをして部屋に入った。

「おじいちゃん、こんにちは。気分はよさそうね」

明るく笑って挨拶すると、夕方のニュースを観ていた祖父は、私に目を向けて優しく微笑む。

「元気にしてたか？　変わりはないか？」

八十二歳の祖父は、今年の夏に心臓の手術をしたこともあってか、かなり痩せてしまった。

祖父は銀座《ぎんざ》でも有名な宝石店を経営していて、五年前に祖母が亡くなると、母の兄である伯父を社長に据え、今は隠遁《いんとん》生活を送っている。

昔、祖父の店に行くと、よく珍しいダイヤを見せてもらったものだ。

「ええ、元気よ」

「優里香……雰囲気が変わったなあ。なんだか目の輝きが違う」

「そうかしら？　単に私が年を取ったせいじゃない？　もう世間で言うアラサーよ」

おどけてみせたら、祖父は急に真剣な顔で私を見据えた。

「家を出たからじゃないか？」

嘘。おじいちゃん、誰からそのことを？

母が亡くなってから祖父と父の仲は険悪で、ふたりはコンタクトを取っていない。

それは父が生前、母をないがしろにしていたから。父は母の闘病中一度も見舞いに来ず、仕事が終われば義母のもとに通っていたらしい。祖父はそのことを今でも恨んでいる。

「……知っていたの？」

驚きを隠せない私に、祖父は穏やかな声で告げる。

「知り合いが教えてくれた。お前を助けてくれる人がいるみたいだったから、今まで見守っていたんだよ」

祖父はショックを受けている様子はなく、落ち着いている。

とりあえずそのことに安堵した。

きっとその知り合いがうまく言ってくれたに違いない。

私の結婚式に参列した人だろうか？　まあ、噂なんて簡単に広まる。

義母と義妹が嬉々《きき》として誰かに話しているだろうし。

「そう。じゃあ、結婚式の話も聞いてる？」

もう隠しても無駄だと思って自分から尋ねると、祖父はゆっくりと頷いた。

「ああ」

「いろいろとびっくりさせてしまってごめんなさい。でも、今の方が元気だから」

それは嘘ではない。尊や麗さんのお陰で心から笑えるようになった。

すべてを失ってもそばにいてくれる人がいる。それがわかっただけでも私は幸せだと思う。

心から微笑んでみせたが、祖父は私が心配なのか表情が固いままだ。

数秒じっと考え込むような表情をした後、フーッと息を吐いて、懇願するように私に言った。

「優里香、見合いをしてくれないか？」

見合い？

祖父の落とした爆弾に唖然《あぜん》としてしまい、すぐに返事ができなかった。

「おじいちゃん、私、お父さんに水沢の家を追い出されたのよ。それに、結婚式に花婿に逃げられた女を誰が嫁にもらおうっていうの？」

そんな物好きがいるなんて思えない。

「私の友人に、どうしてもうちの孫の嫁にしたいって頼まれたんだ」

動揺している私とは対照的に、祖父はとても柔らかで穏やかな声音で返した。

「私が傷物って知ってるの？　お断りした方がいいわ。私と結婚したってメリットなんてないもの」

「お前が家を追い出されたことを教えてくれたのもその友人だ。事情を知ったうえで、お前がいいと言っている」

「でも、私……花婿に逃げられたばかりなのよ。正直言って、もう結婚のこととか考えたくもないわ」

結婚という言葉を聞いただけで、あの苦い思い出が蘇《よみがえ》るのだ。

「頼むから見合いしてくれんか？　これは私の我儘《わがまま》だ。今のままではお前が心配で安心してあの世に行けない」

悲しい言葉を口にする祖父をじっと見て怒った。

「おじいちゃん、そんなこと言わないの！」

「優里香……頼む。このままだと死んでも死にきれん」

深々と私に頭を下げる祖父を見て、もう強く言い返せなかった。

「おじいちゃん……」

「私の最後の頼みだ」

「……わかったわ。会うだけよ。相手は誰なの？」

祖父の友人のお孫さんだからどこかの御曹司かもしれないが、かなりの物好きに違いない。

私の返事を聞いて、祖父は意味深に微笑む。

「会えばすぐわかる」

つまり、私が顔を知っている人ということね。名前をあえて言わないのは、私にすぐに断られないようにするためなのかもしれない。

「会うだけですからね」

もう一度念押しするが、祖父は「わかってるよ」とニコニコ顔。

とりあえず相手の人に会えば、祖父も満足するだろう。

相手が誰であっても結婚するつもりはない。

結婚なんてこりごり。特に結婚式なんて出たくもないし、見たくもない。

私の気持ちを誠心誠意伝えれば、見合い相手も理解するはず。

「なんの因果かしらね」

その週末、私は結婚式を中止したあの久遠系列のホテルにいた。

今、ブライダルサロンで着物の着付けをされている。

「本当、女優さんのようにお綺麗ですわ」

目をキラキラさせながら私を褒めるのは、先月ウエディングドレスの着付けもしてくれたスタッフのひとり。

結婚式が中止になったのにもう見合い。さぞかし好奇の目で見られるかと思ったのだけれど、これはなんというか羨望《せんぼう》の眼差しだ。

しかも、前回よりもスタッフの対応がいいような。……私の気のせい？

今着ているのは、菖蒲《しょうぶ》のような美しい紫色の生地に七宝《しっぽう》文様が描かれた振り袖。帯は金色で、優美にして華麗。この着物だけで高級車が買えるかもしれない。

なんでもレンタルではなく、今日の見合い相手が用意してくれたものらしい。

見合い相手はいったい誰なのか？　祖父が勧めるのだから、よほどいいところの御曹司なのだろう。

でも、傷物の私を欲しがる人がいるなんて信じられない。

「ありがとう」

戸惑いながら礼を言うと、別のお客さまの接客をしていた紗良さんが現れて私に微笑んだ。

「その着物、よく似合ってますよ」

彼女の笑顔がどこかぎこちなく感じるのは気のせいだろうか?

「ありがとうございます。多分すぐ着替えることになるでしょうけど」

会って一時間も経たないうちに見合いは終わると思って苦笑いすると、彼女は抑揚のない声で返した。

「そんなことはないと思います。では、会場にご案内いたしますね」

体調がよくないのか、顔色が悪いように思える。

紗良さんの案内で見合い場所であるラウンジに向かうが、彼女はなにもしゃべらず前を歩く。

「水沢さま、こちらでお待ちください」

ラウンジの奥のテーブルに案内され、椅子に腰掛けた。

「ありがとうございます」と礼を言うと、紗良さんは私に一礼して去っていく。

仕事というのもあったのかもしれないが、カフェで会う時と違ってどこか他人行儀な感じがした。

それに、いつも彼女は終始笑顔なのに、今日はなにか変だった……そう思いつつも、見合いのことがあってすぐに頭の片隅から消えてしまった。

見合い相手は、まだ来ていないようだ。

こんな素敵な着物まで用意してくれたのに断るのは心苦しいが、はっきり結婚できないと伝えよう。その方が相手のためだ。今の私は疫病神にしかならないだろう。

じっと包帯が巻かれた左手を見つめる。

二日前に火傷を負ったが、尊のお陰で軽傷で済んだ。

最近、彼に助けられてばかりのような気がする……っていけない。これからお見合いなのに、どうして彼のことなんか考えるの！

自分を叱咤《しった》したが、考えてみれば今の私は久遠の世界に囲まれている。

このホテルも久遠系列。今働いているカフェだって久遠ホールディングスの新社屋の中にあって、店のオーナーは尊の叔母。おまけに尊は毎日カフェに来る。

だからかしら？　たまに尊が夢に出てきて私を熱く抱く。

「ああ～、また思い出しちゃったわ。私、欲求不満なの？」

顔がカーッと熱くなり、頬に手を当ててひとりぶつぶつ呟いていたら、頭上から声が降ってきた。

「欲求不満？　だったら俺が相手をしようか？」

どこか楽しげなその声を聞いて石化する。

この声……尊？　やだ。彼のことを考えすぎて幻聴でも聞こえた？

心臓が急にバクバクしてきて、額には汗が滲《にじ》んだ。

きっと気のせいよ。

そう自分に言い聞かせて思い切って顔を上げたら、三つ揃いのスーツを着た尊がいて、私の向かい側の席に着いた。

どうして尊がいるの？

また悪いタイミングで会ってしまった。

「ちょ……ちょっと待って。私、お見合いなの。相手がこれから来るから、邪魔しないでくれるかしら？」

できるだけ平静を装ったが、言葉がつっかえた。

「邪魔なんてしていない。なにを隠そう、優里香の見合い相手は俺だから」

私をしっかりと見据え、尊は極上の笑みを浮かべながら告げる。
彼の発言に絶句する私。
え？　尊が私の見合い相手？
思考が追いつかない。
「う……そ」
あまりに気が動転して、しばらく放心状態だった。

俺の策略 ― 尊side

《副社長、水沢さまのご用意が整いました》

ホテルのスタッフから宿泊している部屋に電話がかかってきて、「わかった」と返事をして電話を切る。

今日は幼馴染との見合いの日。

これから彼女に会うことを考えると胸が踊る。

俺は久遠尊、二十七歳。久遠ホールディングスの社長令息で、先月イギリスから帰国してからは副社長として経営に携わっている。

久遠ホールディングスは国内外に鉄道、運輸、ホテル・レジャー事業、それに不動産事業を展開し、全事業の総売上高は三十兆円を超える日本最大のグループ企業。

事業拡張と新規事業への進出のために赤坂《あかさか》に新社屋を建設し、今年の十月に丸《まる》の内《うち》にあった本社の組織の一部を移転した。俺のオフィスもこの新社屋にある。

本当は今年いっぱいまでイギリスにいる予定だったが、ある個人的な事情で帰国を早めた。その個人的な事情というのは、水沢優里香の結婚。彼女はかつての俺のライバルで幼馴染。最初は純粋に結婚を祝ってやろうと思った。

優里香が結婚すると俺のお目付け役兼秘書である真田から聞いた時、絶対に見逃せないと思った。どんな男が彼女の旦那になるのか興味があったのだ。

それに彼女に関する変な噂も耳にしていて、自分の目で確かめてみたくなった。

優里香とは幼稚舎から高校までずっと一緒で、学業でトップを争っていた。知的で清廉な彼女はスポーツもできて、男女共に憧れる学校のマドンナ的な存在。

そんな彼女が高飛車でふしだらな女になったという噂を高校時代の友人から聞いて、不思議に思った。

品行方正で真面目だった彼女が、男を手玉に取るような悪女に変貌《へんぼう》？

正直信じられなかったけど、高校を卒業してから九年も経ったのだ。それだけあれば人も変わる。

いずれにせよ幼馴染なのだから結婚のお祝いくらいはしてやろう。

それで急遽《きゅうきょ》帰国することにした。

式はうちの系列のホテルと知って、新郎がどんな奴か顔を拝んでやろうと思ったのだが、優里香の相手は式に現れなかった。

泣いて控室に戻るかと思ったら、花嫁である彼女は招待客に頭を下げ続けていた。

『申し訳ありませんでした』

謝罪をしているのに、彼女が惨めだとはまったく思わなかった。

凛《りん》としていて涙ひとつ見せなかった彼女は、女王さまのように気高くて……。

俺はスタッフと一緒にチャペルの扉が見える場所にいたのだが、そんな優里香を見て胸が熱くなった。

普通ならこんな状況になったら逃げるはず。だが、彼女は事実を受け止めて、謝罪をした。

こんなカッコいい女、他にはいない。

招待客が帰っていくと、優里香はじっとチャペルの中を見ていて、最初は傍観していた俺もそんな彼女を見てなんだか居たたまれなくなった。

そうだよな。どんなに強がっていても、相当ダメージを受けたはず。

放っておけなくて、たまらず声をかけた。

『とんだ災難だったな。まあ、気を落とすな。たまにこういうことあるから』

九年ぶりの再会。

俺を見て、彼女はひどく驚いた顔をしていた。

『尊？』

ここに俺がいることがショックだったようで、彼女は顔をしかめた。

『……いつ日本に戻ってきたの？』

まあこんな無様な姿、かつてのライバルに見られるのは屈辱だろう。

『二日前。うちのホテルで優里香が式を挙げるっていうから、様子を見に来たんだ』

あえて興味本位であるかのように伝えると、彼女は気丈にも笑ってみせた。

『そう。楽しんでいただけたかしら？』

俺をどんな人でなしと思っているのだろう。

『お前って本当……馬鹿。弱ってる相手をいじめて楽しむ趣味はない』

『そんな美学を持っていたなんて意外だわ。私を憐れんでるの？』

俺を睨みつけてはいるが、彼女は傷ついた顔をしていた。

今にも泣きそうだな。こんな優里香は見たくない。

『全然。どうせ愛のない政略結婚だろ？　式が中止になってよかったじゃないか。なんなら祝杯でもあげるか？』

フッと笑みを浮かべて言って、彼女を挑発する。

俺に怒りをぶつければ、少しは元気になるかと思った。

だが、彼女は戦意を喪失した戦士のように抑揚のない声で返した。

『丁重にお断りするわ』

もう心はボロボロなのだろう。立っているのもやっとという状態に見える。

――ひとりにはさせられない。

それで、『式が中止になってどうせ暇なんだから付き合えよ』と強引に彼女を俺が宿泊している部屋に連れ込んだ。

食事をさせると少し元気になったが、やはり精神的にかなり弱っていたようで、シャワーを浴びながら彼女は泣いていた。

ひとりになる時間が必要かと思って別の部屋を取った俺に、優里香は抱けとせがんだ。

『ひとりにしないで……。今夜だけでいい。私を抱いて』

最初は断った。彼女は軽々しく抱いていい女性じゃないし、正気じゃないのがわかっていたから。

『私じゃ抱く気にもならないわよね』

自嘲に満ちたその声が、俺の心を激しく揺さぶった。

自分をそんな風に卑下《ひげ》するな。

面と向かってそう言っても彼女は聞かないだろう。完全に自信を失っている。

今の彼女は、礼儀正しい幼馴染なんて必要としていない。男に抱かれて、女としての自信を取り戻したいのだ。

正直言って笑って突っぱねる余裕はなかった。

九年ぶりに会った彼女を見て特別なものを感じていたというか……。いや、もともと特別に思っていたのかもしれない。だからこれまで安易に手を出さなかった。

今、彼女を抱けば、もとの関係には戻れなくなる。

『そんなこと言ってない』

感情を抑えて言うが、彼女はそんな俺の葛藤も知らず、勝手に振られたと解釈して俺の前から消えようとする。

このまま彼女を行かせたら、もう一生会えないかもしれない。なぜかそんな気がした。

『帰らせない』

優里香の手を掴んで止めて、彼女に警告するように告げた。

『後悔してもやめてやらないぞ』

思い返してみると、あの時の自分は滑稽《こっけい》だったと思う。

俺を動揺させる女なんて、後にも先にも優里香ひとりだけ。

あの夜は彼女が初めてだったにもかかわらず、明け方近くまで抱いてしまった。

そう。世間であばずれ女と言われている彼女は処女だった。

そんなくだらない噂を流した奴を憎いと思ったし、優里香との関係を一夜限りで終わらせる気はなかった。

この一カ月、彼女に触れたくてたまらなかった。しかし、積極的に口説かなかったのは、俺が本気だと信じてもらえないと思ったから。

だから足繁くカフェに通い、俺のことを印象付けた。

真田には『本命は慎重に攻めるんですね』と笑われたけど、彼女を絶対に自分のものにするために、外堀から埋めていった。

まず親父と祖父に結婚したい相手がいると告げ、優里香の祖父と釣り仲間だった祖父を通じて見合いを申し込んだ。

優里香の祖父に会って彼女の窮状を話し、今は叔母の家に身を寄せていることを伝えて安心させたうえで、頭を下げてお願いした。

『優里香さんと結婚させてください』と――。

本来なら優里香の父親に会うべきなのだろうが、彼女を家から追い出した時点で俺はもう親とは認めていない。

優里香の祖父には俺の気持ちが伝わったのか、『優里香を幸せにしてやってください』と頼まれた。

うちの家族は昔から優里香のことを知っていたこともあり、彼女の悪評は耳にしていたが反対はしなかった。今まで女と本気で付き合ったことのない俺を結婚する気にさせただけで、優里香に一目置いている。麗さんの『優里香ちゃん、とってもいい子よ。私が嫁に欲しいくらいだわ』という援護射撃も効いた。

あとは本人にオーケーの返事をもらうだけ。

一夜を共にしたあの夜から、優里香は俺のことを意識している。

相手が俺と知ったらすぐに断るだろうが、逃しはしない。

ネクタイをしてスーツのジャケットを羽織ると、部屋を出て一階にあるラウンジに向かう。

見合い相手が俺とは知らない彼女は、俺の顔を見たらさぞかし驚くだろう。

彼女の祖父にはあらかじめ俺の名前を伏せるようお願いした。相手が俺とわかれば見合いすらしないだろうから。

ラウンジに着くと、優里香がどこにいるかひと目でわかった。

俺が選んだ紫色の着物を着て、奥の席に座っている。

周りの人は、そんな彼女をチラチラ見ていた。思わず目がいく気持ちはわかる。彼女は誰が見ても美しい。大輪のバラのように艶《あで》やかで、しかも彼女にはトゲがない。

そう。誰よりも心が綺麗な女性であることを俺は知っている。

それに、時折見せる表情がかわいいのだ。

今もひとりぶつぶつ言いながら顔を赤らめている。

「ああ～、また思い出しちゃったわ。私、欲求不満なの？」

俺と過ごした夜のことでも思い出しているのだろうか？

「欲求不満？　だったら俺が相手をしようか？」

俯いている優里香に笑みを浮かべてそう声をかけたら、彼女が固まった。

そんな優里香に構わず向かい側の席に座ると、彼女は俺を見てひどく狼狽える。

「ちょ……ちょっと待って。私、お見合いなの。相手がこれから来るから、邪魔しないでくれるかしら？」

まだ俺がその見合い相手だと気づいていないらしい。

「邪魔なんてしていない。なにを隠そう、優里香の見合い相手は俺だから」

優里香を見つめてニコニコ顔で告げたら、彼女はこれでもかっていうくらい目を大きく開いて……。

「う……そ」

彼女の口からそんな言葉が漏れてニヤリとする。

かなりパニックになっているな。

だが、冷静に考えれば、見合い相手は俺だとわかっただろうに。

水沢家を追い出された彼女と結婚したがる男なんて、俺くらいしかいないだろう。

ミズサワビールが敵になろうが、俺には関係ない。もし喧嘩を売られたら、ねじ伏せてやる。それに、世界中を敵に回しても、俺は優里香が欲しいのだ。

「本当。優里香と結婚したい。うちの家族の許可はちゃんと取ってあるし、優里香のおじいさんにも幸せにしてやってくれと頼まれたよ」

真剣に自分の気持ちを伝えるが、彼女はなかなか信じてくれない。

「しょ……正気じゃないわ。それとも私をからかってるの？」

「至極真面目だよ」

「信じられないわ。だって私にどんな噂が流れているか知ってるでしょう？」

「ああ。だが、それが嘘であることを俺は一番よく知ってる」

優里香が処女だったことを仄《ほの》めかしたら、彼女は動揺しながらも俺に訴えた。

「そ、それにしたってあなたは久遠の御曹司なのよ。私のような傷物ではなく、良家のお嬢さんと結婚すればいいじゃない。私と結婚したってなんの役にも立たないのよ」

「俺を見くびらないでほしいな。嫁の実家に頼らなきゃならないほど、能なしだと？」

優里香を見据えてそう切り返したら、彼女はいつになく感情的になって俺の腕を掴んだ。

「そんなこと言ってない。あなたの評判を気にしてるの」

「俺の心配をしてくれるなんて優里香は優しいな。だが、その心配は無用だ。むしろ、こんな美人を嫁にもらう俺をみんな羨ましがるだろう」

俺の腕を掴んでいる優里香の手を取って恭《うやうや》しく口づければ、彼女はそんな俺をまるで犯人を尋問する刑事のような目でジーッと見つめた。

「……変な女に言い寄られて困ってるとか？　それで、私を利用するつもりなのでしょう？」

「疑り深いな。なにか飲んで少しは落ち着けよ。なにを頼む？」

俺がメニューを見せると、彼女はしばし考えて、少しムスッとした顔で、ホットココアを指差した。

「これにするわ」

「てっきり紅茶にするかと思ったら、ココアなんだな」

優里香は貴族の令嬢のように優雅に紅茶を飲んでいるイメージがあるのでそう言ったら、彼女は冷ややかに返した。

「甘い飲み物で心を落ち着けたいのよ。尊のせいで頭の中がひどく混乱してるから」

「はいはい、俺のせいね。でも、俺はなにも企んでいないし、ただ純粋に優里香と結婚したいだけだ」

宥めるように言うと、店員を呼んで、ココアとカプチーノを頼む。

すると、優里香が怪訝な顔をした。

「シナモンパウダーたっぷりかけてって言わないのね？」

「ここではさすがに言えないだろ？　ところで、その着物とっても似合ってる」

優里香をじっと見つめて褒めたら、彼女の頬がほんのりピンクに染まった。

「……ありがとう。でも、私のためにこんな高価なものを用意しなくてもよかったのに」

「優里香に俺が選んだ着物を着せてみたかったんだ」

「嘘？　尊が選んだの？」

意外そうな顔をして俺に確認する彼女。

「ああ。赤い着物と悩んだが、優里香は品があるから紫が似合うと思ったんだ。手の火傷は大丈夫か？」

ガーゼをしている優里香の手が気になって、その手にそっと触れながら尋ねた。

「……ええ。もう痛みもないし大丈夫。あの時はありがとう」

俺が触れたことに少し動揺しつつも、彼女は淡々と返す。

だが、その表情が急に暗くなって心配になった。

「優里香？　やっぱりまだ痛いのか？」

「違うの。火傷はたいしたことないから。本当に大丈夫」

その言葉で悟った。彼女が気にしているのは火傷ではなく、傷を負わせた人物。

義妹のことが気になるんだろうな。

俺が真田に調べさせたところだと、優里香は義妹と義母にひどい嫌がらせを受けていたらしい。彼女の喘息持ちの弟も虐待されていたようで、今は山梨の保養所にいる。

真田から報告を受けた時、普段冷静沈着な俺が怒りを抑えるのに苦労した。

それだけ義妹たちのしたことが許せなかった。俺が優里香ならとっくに復讐している。

だが、彼女は報復などは考えないだろう。どんなに傷ついてもひとりで耐える。友人にまで危害が及ばないよう、自分から縁を切ったくらいだから。

自分よりも人のことを考える彼女の優しさに胸を打たれる。

人を恨むという感情は持っていないのだ。そんな彼女だからこそ放っておけない。

先日のカフェでの一件もあるし、今後も手出しをしてこないか注意した方がいいだろうな。

頼んだ飲み物が運ばれてくると、優里香は優雅な仕草でカップを口に運ぶ。

俺もカプチーノをひと口啜《すす》り、「甘くて美味しい」とホッとした顔で感想を漏らす彼女に目を向けた。

「そんなに俺との見合いが嫌か？」

率直に聞くと、彼女は溜め息交じりの声で否定した。

「そういう問題じゃないわ。私はもうあなたと住む世界が違うの。他の人と結婚した方がいいわ。尊ならどんな女性だって落とせるでしょう？」

この見合いに彼女が戸惑っているのはわかる。

「俺が落としたいのはたったひとりだけだよ」

優里香の頬に触れて告げると、彼女は苦しそうな顔をして俺から視線を逸らす。

「ゲームじゃないのよ、尊」

水沢の家を追い出されてすっかり自信をなくしてるな。

だが、彼女は俺自身が嫌いだとはひと言も言っていない。

「今回は本気だ。さあて、ここでじっとしてるのもつまらないから、ドライブでもしよう」

椅子から立ち上がり、彼女の手を取って立たせるとラウンジを出た。

「ちょっと待って。私は行くなんて言ってないわ」

「新車を買ったんだ。付き合えよ。優里香にも息抜きが必要だ」

有無を言わせず彼女をホテルの地下駐車場に連れていき、今日納車されたばかりの車に乗せる。

「イタリアの高級車なんてさすが久遠の御曹司ね。でも、尊なら赤を選ぶかと思ってたわ。白なんて意外」

運転手でシートベルトを締める俺を、優里香はまじまじと見る。

「いつもなら赤を選んだかもしれないが、優里香を乗せるなら、白がいいって思ったんだ」

助手席に優里香を乗せて走ることしか頭になかった。

「私が乗る前提で考えるって……尊、どうしちゃったのよ。女に合わせるタイプじゃないでしょう？」

彼女が驚く顔を見て、思わずフフッと笑った。

「真田に言わせれば、色ボケだってさ。優里香を抱いたあの夜から、お前のことを毎日考えてる。カフェに毎日通ったのも優里香の顔が見たかったからだよ」

甘い言葉を囁いても、彼女は疑いの眼差しを俺に向けた。

「私をからかうのが楽しくて通っていたのではなくて？　ストレス発散に」

「楽しかったのは認めるが、ストレス発散じゃなくてエネルギー補給だ。優里香の顔見るとやる気が出るんだよ」

それは嘘ではない。仕事にも集中できて、真田には『早く優里香さまと結婚すれば、我が社も安泰ですよ』と真顔で言われたくらいだ。

シートベルトをつけようとしていた優里香が、俺の話を聞いてボッと顔を赤らめる。

「あれ？　あれ？　うまくはまらないわ」

「動揺しすぎ。優里香って普段は冷静なのに、俺の前だとすぐに感情が表に出るよな」

クスッと笑ってシートベルトをはめてやると、彼女は上目遣いに俺を見て否定した。

「たまたまよ！」

「たまたまねえ。まあいいけど。ベルト、きつくないか？」

優里香に顔を近づけて優しく確認したら、彼女は急にしおらしく答える。

「……大丈夫」

ホント、男に対する免疫がないな。俺としては嬉しいが。

これからじっくり俺に慣れていけばいい。時間はたっぷりある。

車を発進させて山梨方面に向かうが、優里香の顔はかなり強張っていた。

「そんな緊張しなくても大丈夫だ。優里香乗せてるのに、スピードは出さない」

「そ、そういう問題ではなくて、こんな狭い空間に長時間男性とふたりきりという状況に慣れていないのよ」

俺にそんな正直に言うなんて、相当パニックになっているのだろう。

「俺も考えてみたら、女性を乗せて走るの初めてだった」

少しでも気が楽になればと思い、そんな話をすれば、彼女は目を丸くして声をあげた。

「嘘でしょう？　高校時代、日替わりで女の子とデートしてなかった？」

「まあ、あの時は来る者拒まずだったから。イギリスでもパーティー用の女は調達しても、真面目に付き合った女はいなかったな」

「調達って……女を道具扱いするなんて尊らしいわ」

俺の言葉に彼女は呆れ顔。

「自分でもひどい男だって思う。だが、俺に群がってきた女はみんな俺の顔や金目当てだったから、どこか冷めた対応しかできなかった」

普段誰にも伝えたことのない本音を言ったら、彼女は意外にも理解を示した。

「モテる男は大変ね。でも、尊の気持ちもわかる気がする。本当の自分を見てくれる人ってなかなかいないもの」

優里香の声は少し元気がなかった。自分の経験に当てはめているのだろう。

「もっと軽蔑されるかと思ったよ。とにかく、車の中で襲うことはないから安心しろ。優里香を抱くなら、落ち着いた場所でじっくりいただくから」

優里香を元気づけたくてそんな軽口を叩くと、彼女はまた顔を赤くして俺に噛みついた。

「全然安心できないわ！」

そうそう。沈んだ顔をされるより、怒ってくれた方がいい。

その後、学生時代の話をしながら車を走らせていると、高速に乗った辺りで優里香はうとうとしだしてそのまま寝てしまった。

「警戒してるのか、してないのかよくわからないな」

サービスエリアに寄り、優里香のかわいい寝顔を見てフッと笑うと、着ていたジャケットを脱いで彼女にかける。

少しは俺に気を許してくれているんだと思いたい。

再び車を走らせて目的地に着くと、優里香の肩を揺すって起こした。

「優里香、着いたぞ」

「う……うん。……あっ」

パチッと目を開けた優里香と目が合ったかと思ったら、彼女はすぐにハッとした表情をして恥ずかしそうに言った。

「やだ……私、寝てたの？」

俺に問いかけながら慌てて乱れた髪を直す優里香がかわいい。

「ぐっすりとね。さあ、ちょっと散歩しよう」

先に車を降りると、助手席側に回って優里香に手を貸した。

「ありがとう。あとジャケットも」

礼を言う彼女からジャケットを受け取ってすぐに羽織る。

「どういたしまして」

優里香と手を繋いだら、彼女が少し困惑した表情を見せた。

「……尊、あの手……」

「転んだら困るし、俺が優里香に触れてないと落ち着かないから」

「でも……なんだか恥ずかしいわ」

はにかんで俯く彼女が愛おしく思える。

嫌なら振り払えばいいのにそうしないのは、彼女もまんざらでもないということ。

「そのうち慣れるさ。寒くないか？」

今は十一月だし、ここは山間にあるので、夕方近い時間だと少々冷える。

「ええ。大丈夫よ。ここはどこ？」

優里香は物珍しそうに辺りを見回した。

目の前には山がそびえ、手前には湖があり、その畔《ほとり》に朱色の神社があった。

「山梨。神社にお参りしようと思ってね」

優里香の手を引いて歩き出すと、彼女が自虐的に言う。

「私、厄祓《やくばら》いしてもらった方がいいかしら？」

「気になるならしてもいいが、もうこれ以上悪いことは起こらないさ」

優里香の場合、周囲にいる人間が問題だったのだから。

「どうしてそんな自信満々で言い切れるの？」

「俺がそばにいるから、禍《わざわい》が逃げていく」

ニヤリとして冗談を言えば、優里香がクスッと笑う。

「その自信、羨ましいわ」

彼女の笑い声が耳に心地よい。

朱色の橋を渡ると、スマホを出して彼女に言った。

「ちょっとそこに立って。写真撮るから」

「写真なんていいわよ」

「よくない。俺が撮りたいんだよ」

スマホを構えて彼女の写真を撮っていたら、女子高生の二人組に声をかけられた。

「よかったら撮りましょうか?」

「頼めるかな?」

彼女たちの好意に甘えて、スマホを渡し、優里香と並んで写真を撮ってもらう。

「とっても素敵に撮れましたよ。美男美女でお似合いですね」

スマホを受け取ると、笑顔で「ありがとう」と礼を言った。

女子高生がキャアキャアはしゃいで去っていく。

その様子を見ていたら、優里香が俺をいじってきた。

「相変わらずモテるわね。彼女たち、尊を見てうっとりしてたわよ」

「俺がうっとりさせたいのは、優里香だけだよ」

甘い目で見つめてやり返すと、彼女は「もう、心にもないこと言って」と俺の胸を軽く押した。

「思ってなかったらそんなこと言わない」

優里香の頬に触れて、彼女と目を合わせる。

ビー玉のように透き通った彼女の瞳が潤んでいてとても色っぽい。

そのまま顔を近づけて口づけようとしたが、参拝客が近づいてきたのに気づき、彼女の肩に顎をのせてククッと笑った。

吸い寄せられるようにキスしようとした自分に驚く。

「え？　え？　尊、どうしたの？」

キョトンとした目で俺を見つめてくる彼女に注意した。

「優里香、そんな目で見つめて俺を誘惑するなよ」

自分でも理不尽なことを言ってるとは思うが、誰に対してもこんな無防備では困る。

「誘惑なんてしてないわ！」

ムキになって否定する彼女の唇に指を当てて再度警告する。

「無自覚なのは罪だ。次、そんな風に見つめてきたらキスする」

「無茶苦茶なこと言わないで。だったら尊だって、そんな甘い目で私を見つめないでよ」

ムッとしながら言い返す優里香に、笑みを浮かべて告げた。

「残念ながらその要望には応えられないな。これは生まれつきだから」

「そんな言い訳、ズルいわ」

「そう。俺はズルい男なんだよ」

ハハッと笑って、優里香を連れて神社の本殿でお参りをする。

手を合わせて祈るというよりは、神に誓った。

彼女がいつも笑顔でいられるよう、全力で守ります――と。

顔を上げると、優里香がジーッと俺を見ていた。

「なにをそんな一生懸命祈ってたの？」

「健康になれますようにってね」

そんな冗談を言うと、彼女はどこか冷めた目で返した。

「充分健康じゃないの」

「今、恋煩《わずら》いで食事も喉を通らないんだ」

わざとらしく胸を押さえると、軽く流された。

「はいはい。それは大変ね」

たわいもない会話をしながら社務所に移動し、御札やお守りを見て回る。

「お守り、かわいいのがいっぱいあるのね」

「なにか欲しいのあるか？」

「この赤いの素敵だわ」

赤いお守りを手に取る彼女に、ククッと笑って指摘した。

「優里香、それ安産守りだ」

「え？　嘘……やだ。じゃ……じゃあ、この紫のがいいかしら？」

彼女は慌てて赤いお守りを戻し、隣にあった紫のお守りに目を向ける。

「すみません。その紫のお守りとこの赤いお守りください」

前にいた巫女《みこ》さんにお守りを指差す俺の腕を優里香が掴んだ。

「ちょ……尊⁉」

「ほら、これ優里香にプレゼント。安産守りもそのうち必要になるかもしれないからな」

買ったお守りを彼女に渡してニヤリとする。

「もう尊〜！」

優里香が顔を真っ赤にして俺の胸板をボコボコ叩く。

ふたりでこうしている時間が楽しい。

彼女にとってもいい息抜きになっているといいが。


神社を後にしてまた橋を渡ると、もう日が暮れていた。

「ちょっと寒くなってきたわね」

自分の肩を抱いてブルッと身体を震わせる優里香を包み込むように抱きしめた。

「それじゃあ、これで寒くないか？」

「た、尊……なにをしてるの？」

俺に抱きしめられてパニックになっているのか、彼女がおろおろする。

「優里香を温めてる。あと、さっきのプレゼントのお礼が欲しくなったんだ」

フッと笑って彼女に顔を近づけると、その柔らかな唇を奪った。

彼が欲しい

「ここ、予約してあったの？」

浴衣姿で私の隣に座る尊に目を向けた。

湖の畔にある神社を参拝した後やってきたのは、江戸末期開業という長い歴史を持つ老舗の温泉旅館。

旅館には明日の分の着替えや、私が普段使用しているメイク道具まで用意してあって驚いた。

あまりに準備がよくて、ひきつった笑みを浮かべた私。

到着後すぐに大浴場で汗を流し、彼も私も浴衣に着替えている。日中はずっと振袖だったから、身が軽くなった気がした。

おまけに今いる部屋は離れで、人目を気にせずゆっくりできる。

周囲は竹林に囲まれ、とても静かだ。

だが、私はリラックスするどころか落ち着きを失っていた。

浴衣姿の尊はいつもとはまた違う色香が漂っていて、見ているとドキドキする。

おまけに神社でキスされたものだから、余計に彼を意識してしまう。

目の前には黒毛和牛のすき焼き、五目釜飯、マグロとハマチのお造り、こんにゃくの白和えなど海、山の幸をふんだんに使った料理が並んでいる。

運転は疲れたから休みたいと尊が言ってこの旅館に連れてこられたのだけれど、着替えなどが用意してあることから察するに、すべて彼の計画通りだったのだろう。

「まあね」

尊は特に悪びれた様子も見せず、ニコニコ顔で認めた。

「私があなたの顔を見て、腹を立てて帰るとか考えなかった？」

ラウンジに現れた尊を見た時は、私の見合い相手だなんて思わなかった。だから、彼が見合い相手と知って、絶対にからかってるか、私に同情してるのかと思った。

でも、尊と一緒にドライブして、彼のことがわからなくなった。

ただいじるだけの相手にここまでするだろうか？

自分の貴重な休日を私に使い、納車されたばかりの新車に私を乗せ、こんな素敵な旅館に連れてくる。着物だって用意してくれていた。

「まったく考えなかったな。水沢家を追い出されたといっても、優里香はずっと上流社会で育ってきた。久遠を敵に回すような真似はしない」

こうやって私の思考を全部読んでいるのが彼の怖いところ。

「たいした自信ね」

「実際帰らなかっただろ？　さあ、せっかくの料理が冷めるから食べよう」

尊がトンと私の肩を叩いたので、気を取り直して「ええ」と頷いた。

「まずは乾杯」

尊がブルーの磨《す》りガラスのグラスを手に取ったので、私もグラスを持ち乾杯する。

「この梅酒美味しいわね。ワインよりもこっちの方が好きかも」

食前酒の梅酒が口に合って、思わず頬が緩む。

「甘いのが好きなんだな。ひょっとしてお酒あまり強くないのか？」

考えてみたら、尊の前でお酒を飲むのは三度目。

私がお酒が苦手なことを彼は知らない。

「付き合いでワインを少し口にすることはあっても、好きで飲むことはないの。ビールも苦手で。みんなどうしてあんな苦いものを美味しいって飲むのか理解できないわ」

顔をしかめてそんな話をすれば、彼が面白そうに目を光らせた。

「なんだか意外だな。ワインのラベル見ただけで、どんな味かわかりそうな見た目なのに」

よく人にワイン通のように思われるけれど、実際はぶどうジュースの方が好きだ。ワインのボトルの中身をぶどうジュースに入れ替えたいと何度思ったことか。

「それは尊でしょ？　ワインとかビールの本書けるくらいの知識がありそう」

「嗜《たしな》む程度には飲むけど、知識はそんなにない。買いかぶりすぎだ。とにかく酔っても俺が優しく介抱してやるから」

尊が少しいやらしい目で私を見たので、上目遣いに彼を睨みつけた。

「それが一番心配なのよ」

尊も気になるけれど、一番不安なのは酔った自分がなにをしでかすかわからないこと。

「そんなくだらない心配しないで、料理を楽しめよ。麗さんの話だと、あまり食べてないみたいじゃないか。だから、今日は少し量を減らしてもらったけど、ちゃんと食べろよ」

彼の気遣いに胸がジーンとなる。

そんなに私に優しくしないでほしい。彼から離れるのが難しくなる。

今日、尊から逃げようと思えばいつでも逃げられた。逃げなかったのは、彼と一緒にいたい自分がいたから。

最初に車に乗せられた時はガチガチに緊張していた。けれど、やはり幼馴染ということもあって、次第にふたりでいるのが自然な感じがしてきて、尊と過ごす時間が楽しかった。

尊の運転する車で寝てしまったのは、それだけ私が彼に心を許しているからだろう。

「ありがとう、尊」

「ほら、このすき焼きうまいぞ」

尊がすき焼きの肉を私の口元に持ってきたので慌てた。

「ちょっと……なにを」

「いいから食べろ」

尊に促され、仕方なくパクッと口にする。

「あっ……美味しい」

咀嚼《そしゃく》しながらそんな感想を漏らす私を見て、彼がにんまりする。

「だろ？　じゃんじゃん食え」

なんだか彼に元気をもらってるような気がする。

いつもより食欲が出てきて、美味しい料理に舌鼓《したつづみ》を打った。

梅酒もお代わりしたせいか、ほろ酔い気分。

「優里香、眠くならないうちに部屋の露天風呂に入ってきたら?」

「うん……。そうするわ」

なんだか身体ふわふわして幸せな感じ。

立ち上がって浴室に移動しようとすると、彼に注意された。

「風呂で寝るなよ」

「わかってます」

なんだか意味もなくおかしくてクスクス笑いながら浴室に行くと、尊がドアの前までついてきた。

「尊は一緒に入ってはダメよ」

フフッと笑って言う私を、彼はジーッと見据える。

「わかってる。足元がふらついてたからついてきただけだ。本当に寝るなよ。溺れるぞ」

「尊って意外に心配性」

ポンと彼の肩を叩くと、浴衣を脱いで浴場へ向かう。

洗い場で軽く身体を洗い、三畳くらいの広さのヒノキ風呂に入る。

お湯は少し熱めだったが、外が寒いせいかすぐにちょうどよい温度になった。

大浴場も広々としていてよかったけれど、部屋の露天風呂も趣《おもむき》があっていい。

お酒を飲んだせいか、なんだかリラックスできる。

考えてみたら、温泉旅行なんて久しぶりだ。母が病気になる前は家族四人で何度か行ったけど、もうずいぶん昔の話。

父が再婚してから、精神的に追い詰められて旅行に行く心の余裕もなかったわね。

目の前は竹林で、ライトアップされていてとても綺麗だ。

頬に触れる風も心地よくて、尊にあれだけ注意されたけれど、寝たくなる。

尊は私をどうしたいのだろう。

こんな場所に連れてきたからには、当然私を抱こうと考えているかもしれない。

でも、彼は私に経験がなかったのを知っている。そんな私を相手にするだろうか。

彼は経験豊富なのよ。私では物足りないのでは？

彼を満足させるようなテクニックなんてなにもない。

この後、どんな顔をして尊と顔を合わせたらいいの？

あ〜、なんだか一気に酔いが醒めてしまった。

そもそも私が尊を嫌いだったら、こんなに悩まないのに。

肌を重ねたあの夜から、私は彼に惹《ひ》かれている。

最初はひとりになるのが寂しくて、尊に抱いてくれるようせがんだ。

でも、相手が誰でも同じことはしなかっただろう。

彼なら身体を許してもいいって思った。

カフェで働いていても、毎日やってくる彼を本当は心待ちにしていた。

足音を聞いただけで尊が来たのがわかるなんて、まるで女子高生みたいだ。彼が知ったら笑うかも。

今日彼にキスされた時だって全然嫌じゃなかった。

このまま時が止まったらって……。

もう認めるしかない。

私は尊のことが好き――。

だけど、恋愛経験がないだけにどう対処していいかわからない。

そんな私に彼が愛想を尽かしたら、もう二度と立ち直れなくなるわ、きっと。

「恋をすると人は臆病になるって本かなにかで読んだことがあるけれど、本当ね」

ハーッと深い溜め息をついてお風呂を出ようと立ち上がったその時、近くの木の枝がバキッと折れる音がして声をあげた。

「キャッ！」

とっさに浴槽に身を隠して息を殺すと、浴場のドアが開いて尊の声がした。

「優里香！　どうした！」

「な、なんでもない。鳥がいたのか枝が折れる音がして……ギャッ……痛いっ！」

尊の登場で狼狽えたせいか、足を滑らせて転ぶと、尊が慌てて私の腕を掴んで抱き起こした。

「大丈夫か？」

「……大丈夫」

もう心臓がバクバクして、そう返すので精一杯だった。

だって彼は浴衣を着ているけれど、私は裸。しかも、身体が密着している。

「す、滑って転んだだけ。大丈夫だから」

そう言って尊から離れようとしてハッとした。

今離れたら、彼に裸を見られる。

すでに彼に抱かれているけれど、やはり見られるのは恥ずかしい。

どうすればいい？

混乱する頭で考えても、いい答えが思い浮かばない。

急に黙り込んで身体を固くする私の心情を察したのか、尊が私の耳元で囁いた。

「俺は目を瞑《つぶ》るから、優里香はもう少し湯船に浸かるといい」

彼の申し出にコクコク頷いて返事をする。

「じゃあ瞑るぞ」

わざわざ声に出して知らせる尊の顔をチラッと見ると、本当に目を閉じていて安堵《あんど》する。すぐに彼から離れて湯船に入ると、胸元を手で隠して声をかけた。

「もういいわ。ありがとう」

「はいはい。もう転ぶなよ」

尊は目を開けるとすぐに踵を返して浴場を出ていく。

助かったと思いつつも、落胆する自分もいた。

あの状況でおろおろするなんて、子供だって思われただろうか？

抱かれた方がよかった？　ああ～、わからない。

このままここに入っていたらのぼせて、また彼に心配をかけるかも。

風呂から上がり、脱衣所で身体を拭いて浴衣を身につける。

髪はタオルドライして浴室を出ると、尊が広縁にある椅子に座って日本酒を飲んでいた。

なにをやっても絵になる男だとつくづく思う。

「意外に上がるの早いと思ったら、髪ちゃんと乾かしてないじゃないか。ちょっとここに座れ」

私に気づいた尊が椅子から立ち上がり、代わりに私をそこへ座らせると、浴室からドライヤーを持ってきて私の髪を乾かし始めた。

「夏じゃないんだからしっかり乾かさないと風邪引くぞ」

「ごめんなさい」

「優里香って手がかかるな。この俺が人の髪を乾かすなんてすごく貴重だぞ。感謝しろよ」

「……ありがとう。尊って結構面倒見がいいのね。弟の彬《あきら》くんがいるから？」

彼には二歳年が離れた弟がいる。幼稚舎から高校まで尊と一緒だったから、なにかと彬くんと顔を合わせる機会も多かった。顔は尊にそっくりで、真面目ないい子だ。

「いや、弟の面倒はあまり見なかった。妹だったら違ってただろうが」

「彬くん、アメリカにいるって聞いたけど」

「ああ。建築家になりたいんだとさ。そういえば、なにかのコンペで賞取ったたって言ってたな」

普段見せない兄の顔で彼が小さく笑う。久遠兄弟はどちらも優秀らしい。

「そう。……しっかりした目標があって羨ましい。尊も……すごいわよね」

今の私には手の届かない場所に彼はいる。

ポツリと呟くように言ったら、尊がドライヤーを置いて私と向き合った。

「こら、なに落ち込んでるんだ？　暗い顔させるためにここに連れてきたんじゃないぞ。優里香だって慣れない環境で頑張ってるじゃないか」

私の額にコツンと自分の額を当てて尊は怒る。

「麗さんが私を助けてくれただけで、私はなにもすごくない」

弱々しい声でそう返すと、彼は私の目を見つめて告げた。

「世間知らずだったお嬢さまが自分の力だけで生活してるんだ。俺は尊敬する」

「尊……」

私のことを認めてくれる人がいて嬉しかった。彼は私の欲しい言葉をくれる。

「俺も風呂に入ってくる。優里香は寝ろ。俺が風呂から上がっても寝てなかったら、襲うかもしれないぞ」

彼は私の頬を優しく撫でると、浴室に行った。

ひとり残された私は、苦笑いする。

結局彼はどうしたいのだろう。無理強いはしたくないってこと？　自分から誘っているようで、私に選択を委ねている。

私はどうしたい？

このまま寝たくなかった。

彼に抱かれたい。でも、素面《しらふ》で尊にお願いするのは無理だ。

テーブルには日本酒が置いてある。さっきまで尊が飲んでいたものだ。

幸いなことに瓶にはまだお酒が半分ほど残っている。

グラスに日本酒を注ぎ、一気に飲み干す。

……食事の時に飲んだ梅酒と違って辛いのね。

思わず顔をしかめたが、もう一杯注いで口にする。すると、すぐに身体がカーッと熱くなったので、窓を開けた。

冷たい風が頬に当たるのが、なんだか気持ちがいい。

ひとりボーッとまどろんでいたら、尊がお風呂から戻ってきて、呆れ顔で私に声をかけた。

「こら、そんな冷たい風に当たってたら風邪を引くだろうが。それに、弱いくせに日本酒なんか飲んで」

「飲みたい気分だったの」

ムスッとして言い返して、椅子から立ち上がるとよろけた。

「キャッ！」

転びそうになったところを、尊がすかさず抱きとめる。

「馬鹿。飲みすぎだ」

「だって……尊が意地悪なのがいけないのよ。キスまでしておいて、結局私を抱こうとしないじゃない」

素面では言えなかった本音が口から漏れる。私の文句を聞いて、彼は口元を綻《ほころ》ばせた。

「優里香にも俺を求めてもらいたかったんだよ。一方的に抱くのは趣味じゃない」

尊は私を抱き上げ、隣の寝室のベッドに私を運ぶ。

「俺を選んだのは優里香だ。たとえ酒に酔っていようが忘れるなよ」

彼はそう命じて私に覆いかぶさると、顔を近づけてキスをした。

私の下唇を甘噛みしながら浴衣の中に手を入れて、ブラの上から胸を揉み上げる。

「んん……！」

くぐもった声をあげる私の首筋に尊は舌を這わせ、背中に手を回してブラのホックを外し、胸を露わにした。

だが、それだけでは足りなかったのか、彼は私の浴衣も脱がし、私の全身を見て少し残念そうに笑った。

「あの夜につけたキスマーク、すっかり消えてるな」

今身につけているのはショーツ一枚だけ。お酒で少し頭はボーッとしているけれど、ほとんど裸の身体を見られて恥ずかしいと思う感覚は残っていた。

「そんなに見ないで」

「見るに決まってるだろう。この一カ月ずっと優里香に触れたくてたまらなかったんだ」

笑みを浮かべながら、私の身体を名画でも鑑賞するように見つめる彼。

スタイルがいいと言われるが、胸はいくぶん小さい。男なら胸が大きい女性の方がいいのではないだろうか。

「胸が小さいからあまり見ないで」

両手で胸を隠そうとしたら、尊に腕を掴まれて阻止された。

「小さい？　形もよくて綺麗だよ」

笑顔で私の胸を褒めると、彼は私の胸を揉み上げた。

「肌はスベスベで、色も白くて、ずっと触れていたい。こんな風に」

私の胸を舌で舐め回しながら、彼は自分が着ていた浴衣を脱ぐ。

その均整の取れた身体を見てハッとする。

前回はただただ必死で、彼の身体を見る余裕なんてなかった。

細身だけれど、ほどよく筋肉がついて理想的なプロポーション。多分日頃から鍛えているのだろう。

「弟がいるのに男の裸が珍しいか？　優里香にも俺に触れてほしい」

尊が私の手をとって自分の心臓の部分に触れさせる。

トクントクンと彼の鼓動が伝わってくる。

「なんだか固い。私とは違う」

「それが男と女の違いだ」

私の感想を聞いてフッと笑うと、彼は私の胸を口に含んで吸い上げながら、腰に手を回してきた。

「ああ……んん！」

チクッとする胸の痛みが快感となって私を襲う。

胸についた鬱血痕を見て、尊は満足げに笑った。

「俺だけのものって気がする。だが、ひとつじゃ足りないな」

尊は胸だけでなく、私の首筋や鎖骨、脇腹、太ももにもキスマークをつけていく。

それはなにかの儀式のよう。

「あ……んん！」

彼の与える快感に身悶えする。頭も身体もおかしくなりそうだった。

「ここは離れだ。もっと声を出していい」

絶え間なく攻められ、喘ぎ声が止まらない。

その後も尊は私の身体をくまなく愛撫し、私の準備が整うと慎重に身体を重ねてきた。身体の中心が熱くてジリジリする。

「……ん！」

思わず尊の両肩を引っかいてしまい、彼が私を心配そうに見つめてきた。

「まだ痛いか？」

私を気遣う尊の首に腕を回し、「少しだけ」と答える。

身体を密着させれば痛みが少しは和らぐと思った。

「優里香にしては積極的だな」

尊は楽しげに笑い、私を抱き起こして唇を奪う。

私の口をこじ開けて舌を絡ませる情熱的なキス。その激しさで痛みを感じなくなった。お互いに貪るようにキスをして、身体を重ねる。

互いの汗も、互いの熱も合わさってなにもかもがひとつになったような気がする。

「優里香……」

何度も腰を打ちつける彼の声は少しかすれていた。

「あっ……あん。尊……」

喘ぎながら彼の名前を呼ぶ。

彼がさらに激しく腰を打ちつけてきて、身体中の血が煮えたぎるような快感が押し寄せてきた。

クライマックスに達して、力尽きる私をベッドに横たえると、尊も横になった。

喘ぎすぎて喉がカラカラだし、身体から力が抜けて視界が霞《かす》む。

「優里香、好きだよ」

尊の声が聞こえたが、だんだん意識が朦朧《もうろう》としてきて言葉を返せない。

包み込むように抱きしめられ、彼の肌の温もりを感じながら優しい眠りに誘われた。

チチッ、チチッと小鳥のさえずりが聞こえる。

ゆっくりと目を開けると、尊が私をじっと見つめていて目が合った。

「おはよ」

甘く微笑んで彼は私に軽く口づける。

まだ頭がぼんやりしているせいかすぐになにが起こったか理解できなかったが、昨夜愛し合った記憶が蘇ってきてカーッと顔が熱くなった。

「おはよう」

はにかみながら返して彼の胸に顔を埋める。

前回は私ひとりベッドで寝ていて彼とは顔を合わせなかった。

でも、今日の前に尊がいる。

恥ずかしくて彼を直視できない。この甘々な展開を誰が予想しただろう。

男の人ってみんなこんな風なの？

「優里香、身体は？」

尊に心配をされ、「……大丈夫」と返したら、彼が楽しげに私の耳元で囁いた。

「じゃあ、遠慮なくできるな」

「え？」

驚いて顔を上げたら、彼が私の耳朶《みみたぶ》を甘噛みしてきて慌てた。

「た、尊、起きないと。朝食の時間だってある……あんっ」

尊が私の首筋に唇を這わせながら、胸をいじってきた。

「問題ない。朝食はお弁当をドアの外に置いてもらうよう頼んである」

つまり、朝遅くなるのは想定内ってことで……。

「そういうの……抜かりないの……ね。あんっ！」

少し責めるように言ったら、彼がニヤリとした。

「一カ月我慢したんだ。まだまだ優里香が足りない」

私に甘く口づけ、彼は胸を鷲掴《わしづか》みにする。

「うん……んん」

彼に触れられただけで、身体が熱い。

彼と肌を重ねて、全身が敏感になったような気がする。

求められたら嫌とは言えない。

もう身体が知っている。甘い疼《うず》きも、彼の体温も——。

だから、私も彼が欲しい。

私はそのまま尊が与える快感に溺れた。

彼の掌の上で転がされる

「え？　ここ……」

よく知った建物を見て私が瞠目《どうもく》すると、尊がクスリと笑う。

「せっかく山梨に来たんだから翔くんに会っておこうと思って。優里香も最近会ってないって言ってただろ？」

そう。旅館を午前十時にチェックアウトして、尊にまっすぐに連れてこられたのは、弟の翔が療養している山中湖《やまなかこ》湖畔にある三階建ての会員制の保養施設。

「そうだけど……。よくここに弟がいるってわかった……って、尊ならちょっと調べればわかるわよね」

尊をじっと見つめて苦笑いする。

ついでに来たみたいな言い方だけど、翔に会うのが尊の本当の目的だったのかもしれない。彼が気まぐれで行動することはあまりないから。

「さあ、行こう」

尊は私の手を引いて施設の中に入ると、受付で検温と入館手続きをして、三階にある弟の部屋に向かう。

ドアをノックすると、「はい」と声がしてドアが開いた。すると、ライトブラウンのツーブロックのヘアスタイルで、耳にプラチナのフープピアスをつけた長身の青年が出てきて、私と尊を見て頬を緩めた。

「いらっしゃい」

それは私の弟の翔。

父に似て目は切れ長で鼻筋が通っていて、姉の私が言うのもなんだけど見目はいい。弟が髪を明るい色に染めて、耳にピアスをしているのは、義母の言いなりになっている父への反発からだ。

体調がいいのか今日はジーンズにアイボリーのカットソーとラフな格好をしていて、そんな弟を見て少しホッとした。

「久しぶりだね、翔くん。最後に会った時は小学生だったっけ。すっかり大人になったな」

尊は翔の肩を軽く叩いてにこやかに挨拶する。

彼は小学六年生の時、小学一年生だった翔のお世話係だった。その縁で翔が入院した時は何度かお見舞いに来てくれたことがある。

「お久しぶりです。尊さんはますます色男になりましたね。昨日、急に『優里香とお邪魔するよ』って電話をもらったからびっくりしましたよ」

翔も軽く会釈しながら挨拶を返し、尊はそんな弟を見据えて謝る。

「ごめん。どうしても翔くんに会っておきたくてね。もうすぐ俺たち義理の兄弟になるんだから」

ニヤリとしてとんでもない言葉を口にする尊にとっさに文句を言った。

「た、尊……勝手に話、進めないで！」

「なに言ってる？　昨夜あんなに俺の腕の中で……んぐっ！」

さらに衝撃的な話をしそうな尊の口を慌てて手で塞ぐ。

「もう……お願いだから変なこと言わないでよ！」

私たちの親密なやり取りを見て、翔がクスッと笑った。

「ラブラブだな。ひょっとして俺に惚気《のろけ》を聞かせるために来た？」

翔がからかってきて、顔が火がついたみたいにボッと熱くなる。

「翔！」

ギロッと睨みつけるが、弟は何食わぬ顔で続けた。

「いつもクールな姉ちゃんがそんな顔するなんて見たことない。前の結婚の件もあったから心配だったけど、元気そうで安心した。ここで話すのもなんだから入って」

翔にそう言われ、靴を脱いで玄関を上がる。

彼の部屋の間取りは1LDKで、この施設の中にはレストランやジム、クリニック、美容院、コンビニなどがあって便利だ。

玄関の奥にあるリビングに入ると、レポートでも書いていたのかソファーセットのテーブルの上にノートパソコンと経営学関係の書籍が置いてあった。

「大学の課題をやってたの？」

ノートパソコンに目を向けて尋ねると、弟はそれをテーブルの端に置いてコクッと頷く。

「そう。これやんないと単位もらえないから」

翔は都内の大学に通っているが、療養中の今はリモートで授業を受けている。大学の成績はかなり優秀で、将来父の会社の後継者になるべく学業に励んでいるようだ。

「最近、発作は？」

二、三日に一回は元気かどうかLINEで聞いているけれど、会ってもついつい体調を確認する私に、翔はわざと顔をしかめてみせた。

「ないよ。姉ちゃん、心配しすぎ」

「ごめん。私、コーヒー淹れるから、尊は適当に座ってて」

私と弟のやり取りを見ていた尊に声をかけると、彼はソファに腰掛け、長い足を組んで笑みを浮かべた。

「翔くんが羨ましいな。俺もそんな風に優里香に構ってほしい」

「尊に振り回されててそんな余裕はありません」

尊にぴしゃりと言って、リビングの隣のダイニングに移動し、横のキッチンにあるマシンでコーヒーを淹れる。その間、尊と翔は近況を語り合っていた。

私がコーヒーを持って戻ると、翔が咎《とが》めるような目で私を見る。

「姉ちゃん、今、家追い出されてカフェで働いてるんだって？　なんで俺に言わなかったんだよ？」

尊に口止めするの忘れてたわ。

「……心配させちゃうと思って」

気まずくて弟から視線を逸らしながら言い訳し、テーブルにコーヒーを置く。

私が家を追い出されたことを知ったら、心配して東京に帰ってきてしまうと思った。

「心配するに決まってるだろ？　目の前に親父がいたらぶん殴ってやりたい」

拳《こぶし》を握ってそんな発言をする弟に明るく笑って言う。

「ほら、そんな風に翔が喧嘩腰になっちゃうでしょ？　大丈夫。今、尊の叔母さんの家にいるから。その人のカフェで働かせてもらっているのよ」

「そうか。尊さんの親族なら安心だな。うちの家族も久遠家にはさすがに口出しできないだろうから」

「久遠家でしっかり優里香を守るから大丈夫だ。それに、近々嫁にもらうから」

尊がキラリと目を光らせてそんな宣言をすると、翔がじっと彼を見据えて問う。

「尊さん、絶対に浮気はしませんか？」

「ああ」

即答する尊に翔はまた尋ねる。

「姉ちゃんを絶対に泣かせませんか？」

「ああ」

尊が笑顔で返事をすると、弟はまだしつこく確認した。

「絶対に姉ちゃんを幸せにしますか？」

「ああ。優里香を世界一幸せにする。必ず」

尊は弟をまっすぐに見て約束する。その目は一点の曇りもなく澄《す》んでいて、見ていてハッと驚かされた。

勝手に話を決めるので止めようとしたが、ふたりがあまりに真剣だったからなにも言えなかった。

「姉のこと、よろしくお願いします」

翔が背筋を正して尊に頭を下げると、尊は弟の手をしっかりと握って誓う。

「必ず優里香を幸せにするよ」

ふたりの話を聞いて胸がじわじわと熱くなる。

今にも泣きそうな私の手を掴んで、尊がソファに座らせた。

「翔くんだけじゃなくて、優里香にも約束する」

彼の目を見てコクンと頷くのが精一杯で、なんの言葉も返せなかった。

尊の気持ちは嬉しいし、彼と結婚できたらいいとも思うけど、やっぱり躊躇《ちゅうちょ》してしまう。

悪女として名を知られている私が相手では、彼はそのうち後悔するだろう。

結婚式に花婿に逃げられたトラウマだってある。

それに、ブライダルスタッフの紗良さんの顔がパッと脳裏に浮かんだ。

昨日、彼女の元気がなかったのは、私と尊の見合いのせいではないだろうか？

私の着物の着付けをブライダルサロンに依頼したのは、これまでの流れからして尊か秘書の真田さんに違いない。だとすると、紗良さんは私の見合い相手が尊だと知っていたはずだ。

ふたりは大学が同じだったから、昔付き合っていたのでは？

どうしてもふたりの関係が気になって、胸の中がもやもやするのだ。

その後、施設内のレストランで三人で食事をし、その日の夕方に私と尊は東京に戻ってきた。


「お帰りなさいませ。もう少し遅くなると思いましたが、意外に早かったですね」

マンションの玄関で、尊の秘書の真田さんが尊と私を出迎える。

今、私たちがいるのは、赤坂に今月完成したばかりの五十階建ての高級タワーマンションの最上階。ちなみにこのマンションは久遠の系列会社が建設したものだ。

「道路が空いてたてな」

靴を脱いで上がる尊に、真田さんが無表情で確認する。

「優里香さまがいるのに飛ばしませんでしたよね？」

「もちろん。優里香を乗せているのに危険な真似はしない」

尊が微笑みながらそう答えると、真田さんは小さく頷いた。

「それを聞いて安心しました。引っ越しの作業はすべて終わっています。お風呂もいつでも入れますよ。では、明日の朝お迎えに上がります」

「ああ。ご苦労だった」

尊が労いの言葉をかけると、真田さんは私に軽く会釈して玄関を後にする。

真田さんがいなくなったので、腕を組んで尊を見据えた。

「ここはなに？　てっきり麗さんのマンションに送ってくれると思ったのに」

「俺と優里香の新居。優里香も上がれよ」

当然のように言う彼を見て、頭痛がした。

「待って……。私、まだ結婚を了承したわけではないわ」

慌てて抗議すると、彼はニヤリとして、私が触れられたくない話題を持ち出す。

「今朝もあれだけ俺と愛し合っておいてなにを言ってるんだか。返事を聞くまでもない。翔くんにも幸せにすると宣言したし、俺と優里香は結婚するんだよ」

「……私と結婚したら、尊の評判まで悪くなるわ」

恥ずかしくて顔を赤くしながら反論する私を、彼はいささか呆れ顔で見る。

「まだそんなくだらないこと気にしてるのか？」

「くだらなくないわ。大事なことでしょう？」

もう私のことで誰にも迷惑をかけたくない。尊が好きだけれど、それと結婚は別問題だ。

私と結婚すれば彼はきっと後悔するし、私自身、結婚というワードを聞いただけで身体が強ばる。

「誰にも文句は言わせない」

自信満々に言う彼を冷ややかに見た。

「尊……全然あなたらしくないわ。私と何回か……その……身体を重ねたくらいで結婚を決めるなんて性急すぎる」

この一カ月で決める話ではない。それに、結婚しても幸せになれないことを私は知っている。

母は父と結婚しても全然幸せではなかった。恐らく母は、父の裏切りを知っていただろう。

愛されることなく結婚をして、水沢家のために子供を産んで、父に看取られることなく死んでいった母。それでも、死ぬ間際まで母は笑っていた。きっと子供に心配させないためだ。私や弟がいないところでは泣いていたに違いない。

結婚なんかしても不幸になるだけ。

尊は高校の頃、女たらしだった。私ひとりで満足できるわけがないし、そのうち私に飽きるに決まっている。

今そばにいてくれるのは、私に同情しているからのような気がする。

紗良さんのことも気になるし、どうしてもそれらの不安を拭い去ることができなかった。

「俺らしくない……か。確かに今までの俺は結婚することなく女と楽しめればいいと考えていた。だが、もうお前しか見えなくなったんだよ」

真剣な目で見つめられて、トクンと胸が高鳴った。

だが、初めての恋に溺れるのが怖くて、彼から視線を逸らす。

「一年後は違う女性を見ているかもしれないわ」

一年後どころか、数カ月後には彼は紗良さんと一緒にいるかもしれない。

ふたりが過去に付き合っていたかどうかは怖くて聞けないけれど、尊は紗良さんと話す時とてもフランクな感じだし、他の女性のように適当にあしらわない。もしふたりが昔恋人同士だったなら、元鞘《もとさや》に収まる可能性は充分にある。

今まで散々な人生だったせいか、どうしても最悪な事態を考えてしまう。

誰かに一生愛されるなんて夢物語にすぎない。

「優里香、いちいち理由をつけて俺から離れようとするな。俺は避妊せずに何度も優里香を抱いた。絶対に逃さない」

子供ができるのが心配で、私と結婚しようとしてるの？

「でも、私はピルを飲んでるから子供は……！」

子供はできないと反論しようとしたら、彼が私の唇に指を当てた。

「百パーセントできない保証はない。俺は優里香の子なら欲しいと思って避妊せずに抱いたんだ」

彼の衝撃的な発言に驚きを隠せなかった。

「う……そ」

「普段そんな真似はしない。どこか知らない場所に自分の子供がいるなんて嫌だからな」

考えてみたら、彼は久遠の御曹司。たくさんの女から誘いがあるだろう。

中には私のようにピルを飲んでいると言った相手はいたはず。

だけど、尊の立場からすれば、その言葉を信用するわけにはいかない。

「尊は同情や気まぐれで私を抱いたんじゃないの？」

「同情じゃない。ますます綺麗になった優里香に再会して、自分のものにしたくなった。もし、お前が式を挙げていたら、邪魔してたかもしれない」

信じられなかった。尊はいつだって冷静で感情で動く人ではない。

「いつからそんな情熱的な男になったのよ」

「俺だって優里香に再会するまで知らなかった。とにかく、優里香が俺に抱かれた時点で、結婚しないという選択肢はなくなったから」

無理やり話を終わらせようとする尊を上目遣いに見て抗議した。

「一方的すぎるわ」

「一方的で結構。もう観念して俺のものになれ。お前の気持ちが俺にあるのは知っている」

好きとは伝えていないけれど、恋愛経験豊富な尊には私の気持ちなんてバレバレなのだろう。

「でも、私は……一カ月前に結婚がダメになったばかりなのよ。正直言って結婚するのが怖いわ」

尊が考え直さないので、素直に自分の気持ちを伝えた。

「トラウマになったか？　だったら、すぐに籍を入れよう」

「待って。……どうしてそんなにノリノリなのよ」

「ぐずぐずしてたら優里香に逃げられるからだ。さあ、もういい加減、中に入ろう」

尊に反論するのに疲れ、言われるまま家の中に入る。

ペントハウスだけあってドアは観音開きで、玄関だけで六畳くらいの広さがありそうだ。玄関横のシューズクロークには尊の靴が何十足も収納されていて、スキーやゴルフなどのスポーツ関連のグッズも置いてあった。

「お邪魔します」と言って家に上がるが、尊にとびきりの笑顔でつっこまれた。

「優里香、俺たちの新居なんだから、ただいまだろ？」

もう言い返す気力もなく、無言になる私の手を掴んで彼はリビングに連れていく。

間取りはドアの数からいって６ＬＤＫくらいだろうか。

リビングは三十畳ほど。窓からは東京の摩天楼を一望できる。

麗さんのマンションも三十階で高層階だったけれど、ここは五十階。さらに空が近く感じられる。午後六時を過ぎているせいか、窓の外には宝石をちりばめたような綺麗な夜景が広がっていた。

「……ちょっと休ませてもらってもいいかしら？　なんだか疲れちゃった」

窓際にある真っ白なレザーのソファに腰を下ろすと、尊がズボンのポケットからスマホを出して言った。

「じゃあ、風呂でも入ってくれば？　俺はピザでも頼んでおく」

「麗さんのマンションに帰りたいんだけど」

このままここにいては、なし崩し的に結婚することになりそう。

「却下。すでに優里香の荷物はここにあるし、新しい服も揃えてある」

尊の言葉を聞いてギョッとする。

「また勝手に……」

「優里香の手間を省いただけだ。麗さんのマンションにずっといるわけにもいかないだろ？　あの人だって恋人がいるだろうし」

確かに麗さんには恋人がいて、週末は彼のところに泊まりに行く。だから、お金が貯まったら一日も早く麗さんのマンションを出ていこうと思っていた。

「それに、優里香の家族の問題がある。このマンションのセキュリティは厳しい。特に高層階のフロアは久遠家の所有になっていて、部外者は入れない。ここにいろ」

義妹はカフェに来て私に嫌がらせをした。私が住んでいる場所を突き止めてやってくる可能性があるが、ここにいれば義妹が私に近づくことはできないだろう。

高層階のフロアはエレベーターも別になっていて、カードキーがないとエレベーターに乗ることすらできない。

カフェの方は警備員もいるし、私が注意すればいい。

「……わかったわ」

いろいろ考えてオーケーすると、尊はフッと微笑した。

「俺と結婚すれば、優里香は怖いものなしだ。お前を追い出した家族だって見返してやることができるぞ」

どこか楽しげに尊がそんな話をしたので、軽く溜め息をついた。

「見返すことになんの意味があるの？　それに、尊を利用するなんて嫌だわ」

そんな結婚をしたって幸せにはなれない。

「……ホント、優里香はカッコいいよ。俺が惚《ほ》れるわけだ」

彼が不意打ちで私を褒めてきて、顔が熱くなった。

「そういう恥ずかしいこと、堂々と言わないで」

なんだか照れくさくて顔を背けながら文句を言う私に、彼はとびきり甘い声で謝った。

「悪い。だが、本当のことだから。ほら、早く風呂に入ってこいよ。なんなら俺が背中を流そうか？」

「結構です」

冷たく断ってソファから立ち上がると、彼にトンと背中を押された。

「残念だなあ。バスルームは廊下の突き当たりだ。ごゆっくり」

リビングを出てバスルームに向かう。

脱衣場には洗面台がふたつと、タオルが置いてある棚があり、バスローブや女性物の下着も用意されていた。

下着を手に取ってみたら、私が普段使用しているブランドでサイズもピッタリ。多分、麗さんが用意してくれたのだろう。

「本当に尊っていろいろと用意周到で困るわ」

服を脱いで浴室に入ると、十畳くらいの広さがあって驚いた。シャワーブースと、その隣に丸い浴槽があって、ガラス張り。ここでも夜景を楽しめる。

「まるでホテルね」

自分の家というよりはホテルに宿泊しに来ている感じがする。

シャンプーやボディーソープも私が愛用しているものが置いてあって戸惑った。

尊と見合いをしたのは昨日だ。

彼はずいぶん前から私と住むことを考えていたってことかしら？

そんなことを考えながら不意に鏡を見たら、身体中にキスマークがついていて思わずしゃがみ込む。

「あ〜、恥ずかしい。尊……つけすぎよ」

彼に身体が果てるまで抱かれたことを思い出し、顔が火照《ほて》る。

昨日、今日一緒に過ごしてわかった。彼は最高の恋人。

他の男性と付き合った経験はないけど、ありのままの自分でいられた。

彼は女の子の扱いに慣れているし、話題も豊富。それになにより、私を大事にしてくれる。

昨日も今日もドライブ中、不覚にも寝てしまった。今の私は彼を警戒するどころか、安心しきっている。彼のそばにいると守られている気がして、とても心地よく感じるのだ。

でも、彼がこの先もずっと私に優しくしてくれる保証はない。一時的と考えた方が身のためだ。

彼が私に飽きたら、潔くここを出ていこう。そのためにはコツコツ働いてお金を貯めないと。

そう心に決めると、身体を洗って湯船に浸かった。

本当は彼のそばにいたい。永遠の愛があったら素敵だと思う。

なにも考えずに彼の胸に飛び込めたらどんなにいいか……って、そんなことを望んではダメ。

私には彼をずっと繋ぎ止めておくような魅力なんてない。いつか彼に捨てられる。

尊は私と別れてもたくさんの出会いがあるだろう。

でも、私は彼のように器用な人間ではない。もう彼しか愛せないかも。

恋って最初はドキドキして楽しいけれど、溺れると怖い。

終わりがくるとわかっているのに、自分の気持ちを止められないのだ。

ハーッと溜め息をついてお風呂から上がり、バスローブを羽織ってリビングに戻ると、尊がソファに腰掛けながらノートパソコンを広げて仕事をしていた。

メガネもかけていて、一瞬双子の兄か弟でもいるのかと思った。

その顔は真剣で、胸がトクンとなる。

仕事をしてる男性ってなんだかキラキラしていて、普段の二倍増しで素敵に思えた。

「もう上がったのか？　一時間くらい入ってるかと思った」

私の気配に気づいた尊が、パソコン画面から顔を上げ、小さく微笑む。

「尊もいるし、そんな甘えてはいられないわ」

遠回しに自分の家と思えないと言ったのだけれど、彼はパソコンを閉じてテーブルに置き、ソファから立ち上がった。

「早く俺の存在に慣れてほしいな」

「今まで家族以外の異性と暮らしたことがないのに慣れるわけないでしょう？　しかも、あなたはいろいろとハイスペックで、存在感がありすぎるわ」

今だって彼に見つめられただけで鼓動が速くなって、どうしていいかわからなくなる。

「それは褒め言葉と受け取っておくよ」

尊は私に近づくとチュッとキスをして、「俺も風呂に入ってくる」と言ってリビングを出ていく。彼がいなくなると、ソファにストンと腰を下ろした。

「こんな甘いのが毎日続くの？　私の心臓がもたないわ」

なんだか私ばかりドキドキしている。彼の掌《てのひら》の上で遊ばれてないだろうか？

もし、私が恋愛経験豊富ならもっと冷静でいられるのに。

ソファに横になり、ゆっくりと目を閉じる。

これは夢なのかもしれない。次に目を開けたら、ホームレスだったりして……。

遠出をして疲れたのか、身体の力がスーッと抜けてそのまま意識を手放した。

……なんだか気持ちいい。

固くなっていた身体が解されて、疲れも取れていくような感じがする。

まるでマッサージを受けているような……え？

目を開けるとバスローブ姿の尊がいて、彼は私の足をマッサージしていた。

「ん？……尊？」

ソファにいたのに、いつの間にか幅が三メートルはありそうな大きなベッドで寝ていた。きっと尊が私を運んだに違いない。

寝室は二十畳ほどの広さで、大きなテレビやミニ冷蔵庫が置かれている。

「起こしたか？　悪い」

軽く謝りながらも、彼はマッサージを続ける。

「どうして……マッサージなんかしてるの？」

「遠出したから疲れたかと思ってね」

優しい目で微笑む彼を見て、なんとも言えない気持ちになった。

この人はどれだけ私を甘やかす気なのだろう。

「尊だって疲れてるでしょう？　運転だってしてたし」

「俺は普段から鍛えてるから問題ない」

確かに疲れているようには見えないが、ずっと働き通しで、昨日だってあまり寝ていないのだから、多少なりとも疲れを感じているはず。

「いいえ。私もマッサージするわ」

急に目がはっきり覚めて起き上がると、ベッドをトントン叩いた。

「さあ、横になって」

「ありがたいけど、寝てればよかったのにな」

「いいの」

「それじゃあ、背中をマッサージしてくれないか?」

尊はそうリクエストして、バスローブを腰まで下げた。

その均整の取れた上半身を見て思わず赤くなるが、横になる尊の横に座り、両手を彼の背中に置く。人の身体をマッサージするなんて初めてだ。

指先に力を入れて揉んでみるが、彼からクレームが入る。

「優里香、それじゃあ撫でてるみたいだ。もっと力入れて」

「ごめんなさい」

今度は体重を乗せて揉んだのに、また彼からダメ出しがあった。

「まだまだだ。なんだかくすぐったく感じる。俺に跨がった方が力が入るんじゃないか？」

　尊の言葉を聞いて、戸惑いを隠せなかった。

「え？　跨ぐの？」

「あ〜、疲れたなあ。癒やしてほしいなあ」

　尊がわざとらしく言うけれど、実際に疲れていると思うから邪険にはできない。

　渋々彼に跨がるが、落ち着かなかった。

　なんだかはしたない格好。それに、私が乗って尊は苦しくないかしら？

「あの……重くない？」

「全然軽いよ。真田に上に乗られたら、全力で拒否するけどな」

　楽しげに言う彼の背中に、躊躇《ためら》いながらも指を滑らせた。

　確かに横向きでやるより力が入る。

「ああ……気持ちいい」

　目を閉じてリラックスした表情になる彼を見て、俄然《がぜん》やる気が出てきた。

　こうなったらマッサージで彼を眠らせてみたい。アロマオイルでもあったらよかったかも。明日、カフェの仕事が終わったら買ってこようかしら。

　しばらくマッサージを続けると、尊が静かになった。

寝落ちした？

手を止めて、尊に顔を近づけたら、彼がパチッと目を開けて私にキスをする。

「これなら毎日やってほしい」

ニヤリとする彼に、頬を赤くしながら言い返す。

「た、尊ならいくらでも人を雇えるわ」

彼に不意打ちでキスされて、動揺せずにはいられなかった。

「他人じゃリラックスできない」

駄々っ子のように言う彼がおかしくて、つい笑ってしまった。

「私だって他人よ」

「もうすぐ他人じゃなくなる」

尊は急に体勢を変えると、私の身体を掴んでベッドに組み敷く。

「キャッ！」

驚く私に彼が顔を近づけてきて……。

「まずはもっと優里香を誘惑して、俺と結婚する気にさせないとな」

尊は優しくて、それでいて甘く痺れるような声でそう言うと、私に熱く口づけた。

俺からのささやかな復讐 ― 尊side

「こんにちは。ブレンド、持ち帰りで、あとスマイル全開でお願いします！」

優里香を迎えに真田とカフェに立ち寄ると、二十代前半くらいのスーツ姿の男が、カウンターにいる彼女にニコッと微笑んでいた。

それはよく目にしていた光景で、笑顔くらいならいいかと大目に見ていたのだが、優里香がコーヒーを手渡してもその男が彼女の手をずっと離さなかったので慌ててカウンターに近づく。

すると、俺が男を注意する前に、優里香が完璧な営業スマイルで対応する。

「あのお客さま、手を離していただけますか？」

美の化身のような優里香にやんわりと言われた男は、反省して手を引っ込めるどころか、彼女を崇めるようにボーッと見ている。

やれやれ。これじゃあ心配で片時も目を離せないな。

「優里香、行くぞ。着替えてこい」

俺がふたりの間に割って入るように強い口調で声をかけると、優里香の手を掴んでいた男は顔を青くし、パッと彼女から手を離してそそくさとこの場から逃げ去った。

俺の顔を見て表情を変えたということは、恐らくうちの社員だろう。

笑顔ひとつで男を虜《とりこ》にする婚約者を持つと心配が尽きない。

優里香が俺のマンションに引っ越してから一週間が経った。

もうカフェで働く必要はないのだが、彼女が仕事をしたがっているので好きにさせている。

俺と一緒になることにまだ不安があるのだろう。

すぐにでも結婚して優里香を自分のものにしたいが、やはり彼女の気持ちも大事。

俺のことをちゃんと受け入れるのを待つことにした。

結婚に二の足を踏む優里香の気持ちはわかる。だから一緒に住んで、俺が生半可な気持ちで結婚したいと言っているのではないことを彼女に認めさせるしかない。

「優里香、ボーッとしてないで着替えてこい。今日は大事な用があるんだ」

今日は俺の祖父の米寿《べいじゅ》祝いのパーティーがある。会場は俺が滞在していたホテルの大広間で、招待客は千人ほど。政財界の大物が集まる。

「そういうことは事前に教えてよ。まだ仕事中なのよ」

優里香が声を潜めて文句を言ったその時、麗さんが彼女の肩をポンと叩いた。

「優里香ちゃん、上がっていいわよ」

「あっ、はい」

優里香は麗さんに返事をすると、俺に視線を戻し、「着替えてくるわ」と言ってスタッフルームに向かう。

そんな彼女の後ろ姿を見ながら、ポツリと呟く。

「さっきのスーツの男、クビにしようかな」

「怒る気持ちはわかりますが、私情を挟みすぎですよ」

冷ややかに注意する真田に、ムスッとしながら返した。

「わかってる。ただ言ってみただけだ」

少しは溜飲《りゅういん》が下がると思ったが、怒りは収まらない。

そんな俺を見て、麗さんがクスッと笑った。

「本当にあんた、優里香ちゃんにぞっこんね」

「まあね。次にあの男が来たら出禁にしてくれ」

麗さんに俺の要望を伝えたら、真顔で言われた。

「多分、あんたが怖くてもう来ないわよ」

「そうですね。尊さまの殺気がすごかったですからね」

麗さんの言葉に同意している真田をギロッと睨みつけていたら、優里香が戻ってきた。

「大事な用事っていったいなに？」

「うちのじいさんの米寿のお祝いだ」

俺の返答を聞いて、彼女は戸惑いを見せた。

「ちょっと待って……」

「待たない。その言葉は聞き飽きた。いいから来い」

彼女の手を引いてホテルに移動し、俺がリザーブしている部屋へ。

優里香が寝室で着替えている間、俺と真田はリビングで今日の招待客の確認をした。

「優里香の父親には招待状送っているんだろうな？」

俺の質問に真田はコクッと頷く。

「もちろんです。必ず出席するでしょう。家族を連れてくるかはわかりませんが」

「強欲な家族らしいから絶対に来るさ。優里香の義妹にとってはハイスペックな結婚相手を探すいい機会だからな」

そんな話をしていたら、優里香がリビングに現れ、俺に声をかけた。

「尊、一応着替えたけど、これでいいかしら？」

俺と真田は優里香を見て、ハッと息を呑んだ。

俺が用意したネイビーのロングドレスを着た優里香は、それはそれは優雅で美しかった。

長い髪は下ろしたままで、メイクは薄め。だが、艶のある真紅のルージュが映えて、彼女の肌の美しさが際立っている。

スクエアカットのドレスは顔と首以外ほぼ覆っているのに、彼女のスタイルのよさが一目瞭然で、なんだか艶《なま》めかしい。

「このドレス、とても肌触りがいいわ……って、なにかおかしい？」

思わず見惚れてなにも声を発しない俺を、彼女は怪訝な顔で見る。

「いや、すごく似合ってる。真田の目を隠して、優里香の姿を見せたくないと思うくらい」

肌の露出がとても少ないのに、なぜこんなに色っぽいのか。

本当に他の男に見せたくない……そう思う。

なぜなら、いつも無表情の真田が優里香を見てほんのり頬を赤く染めているから。

だが、彼女は俺の言葉を信じず、スーッと目を細めた。

「いつもそんな風に女性を褒めてるの？」

いや、違う……と否定しようとしたら、横から真田が口を挟んだ。

「優里香さま、基本的に尊さまはそんなうっとりとした目で女性を褒めることはありません。優里香さまだけですよ。今日のドレスも尊さまがお選びになりました」

暗に俺が優里香にぞっこんだと言っているが、まあいいだろう。

真田の話を聞いて、優里香は表情を緩める。

「そうなの？　尊、ありがとう」

「俺が着せたかっただけだよ」

優里香の手を掴んでチュッと口づけると、彼女の頬が赤くなった。

「私、なにもお祝いの品を用意していないの。大丈夫かしら？　それに……家族だけではなく、たくさん人が集まるのでしょう？」

「優里香の笑顔がじいさんには一番のプレゼントだ。まあ、わんさか人が集まるだろうが。パーティーに出るのが怖いか？」

「私が一緒にいたら……尊や尊のご家族に迷惑をかけるわ。陰でなにを言われるか……」

優里香はその美しい瞳に暗い影を落とす。

結婚式の失敗があって、彼女はプライドもズタズタにされ、深く傷ついているのだろう。だから、今までとは違う世界でやり直そうとしている。

だが、俺としては彼女を貶めた連中を許せない。

「そんな心配は無用だ。久遠を敵に回したらどうなるか思い知らせてやる」

「尊……」

「大丈夫。なにも怖くない。優里香はただ俺の隣で笑っていればいい」

今日のパーティーは、彼女が自信を回復するためのリハビリでもある。

俺がいるのだから、もう逃げる必要はない。

彼女が俺の将来の妻だと、みんなに認めさせる。

「口さがない連中はいるでしょうが、久遠を前にして愚かな真似はしないでしょう。したとしても我々が社会的に抹殺するまでです」

いつもアンドロイドのようなしゃべりをする真田が珍しく熱くなっている。

俺の未来の奥さんへの忠誠というか、それだけ彼女を大事に思っているのだろう。

俺の秘書の言葉に、優里香は苦笑いする。

「抹殺って……なんだか怖いわ。でも、ふたりともありがとう。少し心が軽くなったわ」

ふわりと笑う優里香を見てホッとしていたら、部屋のインターホンが鳴った。

「来たか」

チラッと腕時計を見てそう呟けば、優里香が「誰が来たの？」と俺を見やった。

「今日の主役と俺の両親」

フッと笑って告げると、応対した真田と共にじいさんと両親がやってきて、優里香の顔を見るなり母が抱きついた。

母は小柄で、髪は黒髪ボブのストレート。今日は桃色の着物を品よく着ている。

明るい性格だが、マイペースであまり人のことを考えない。

「あ〜、優里香ちゃん、もう今日が待ちきれなかったわ〜」

突然母に抱きつかれ、優里香は面食らっていた。

「え？　あの……尊さんのお母さま？」

「母さん、優里香がびっくりしてるよ」

やんわりと母を注意すると、母は「あら、ごめんなさい」と慌てて謝り、抱擁《ほうよう》を解いた。

母は俺が小さい頃から優里香を気に入っていたようで、俺が家族に優里香と結婚すると話した時、すごく喜んでいた。

「でも、尊が優里香ちゃんになかなか会わせてくれないんだもの。こんなに綺麗だから独り占めしたい気持ちはよくわかるけど」

「お会いできて嬉しいです。高校の卒業式以来ですね」

女神のような美しい笑みを浮かべる優里香を、母は褒め称える。

「こんなに美人なお嬢さんがうちにお嫁に来てくれるなんて嬉しいわ」

「え? あの……待ってください。私はまだ正式にお見合いの返事をしていなくて……」

『嫁』というワードを聞いて複雑な表情をする優里香の両手を、母がギュッと握る。

「家柄とか全然気にしなくていいのよ。その身ひとつでお嫁にいらっしゃい」

ふたりのそばにいる祖父と父も笑みを浮かべながらコクコク頷く。

「ああ。花嫁道具はこちらで用意するよ」

歓迎ムードの俺の家族を見て、今にも泣きそうな顔をしている優里香の肩にそっと手を置いた。

「ほら、なにも心配することない。うちの家族はみんな優里香のファンだ」

「ですが……私は水沢家を追い出された人間です。それでもいいんですか?」

「尊自身が優里香さんを望んでる。孫を頼むよ」

じいさんが優里香に優しく言葉をかければ、父も笑顔で言う。

「うちの息子を惚れさせることができるのは、世界中探しても優里香ちゃんだけだよ。一日でも早く嫁に来てほしいな」

「皆さん……」

優里香が涙ぐむと、母がバッグからのベルベットの箱を出して、俺に差し出した。

「さあ、これを」

「ああ。ありがと」

母から箱を受け取って蓋を開ける。

中に入っていたのは、久遠家に代々伝わる十カラットのダイヤのネックレス。

「これで完璧だ」

ネックレスを取り出すと、優里香の首につけた。

「これ……。大事なものなのでは？」

困惑しながら説明を求める優里香に、にっこりと微笑む。

「よく似合っている」

本当は久遠家の嫁に受け継がれるものだが、優里香が気にするといけないので言わなかった。見る人が見れば、ひと目で彼女が俺の婚約者だとわかるだろう。

「本当によく似合っている。後で優里香さんと写真が撮りたいなあ」

嬉しそうに頬を緩めるじいさんを見て、優里香はハッとした表情をした。

「あの……おじいさまのお祝いだというのに、なにもプレゼントを用意していなくて申し訳ありません」

謝る優里香をじいさんは温かい目で見つめる。

「優里香さん、私にとっては尊とそうして並んでいる姿を見せてくれることが一番のプレゼントなんだよ」

うちのじいさんがここまで彼女に惚れ込んでいるのには訳がある。

俺が優里香に惚れているというのも理由のひとつではあるが、じいさんはカフェで働く彼女の様子をお忍びで見に行って、その姿に心を打たれたらしい。

家族にひどい目に遭わされてどん底まで落とされた世間知らずのお嬢さまが、プライドを捨ててカフェで一生懸命働いている。

明るく接客をする優里香の笑顔を見て、彼女をいたく気に入ったとか。

ちなみにじいさんは変装していたそうで、優里香にはバレていない。

「もう私たちにとっては優里香ちゃんは、うちの娘だよ」

父も優里香にそう言葉をかける。

その言葉は嘘ではない。実家には優里香の部屋まで用意したらしい。

る。

「……ありがとうございます」

感極まったのか、口を押さえて涙を流す優里香の頭に手をやり、俺の胸に抱き寄せる。

「じいさんたちに好きなだけ我儘を言うといい。きっとなんでも叶えてくれる。ミズサワビールを買収してほしい、とかでもいいぞ」

笑って冗談を口にすると、彼女が涙を拭いながら小さく微笑んだ。

「尊が言うと冗談に聞こえないわ」

しばらくそんなたわいもない話をしてから、パーティーが行われる会場に移動した。

もうすでに招待客は集まっていて、歓談している。

麗さんも来ていて、優里香がしているダイヤのネックレスを見て小さく微笑んだ。

「顔合わせはどうやらうまくいったようね」

「まあね」

ニヤリとすると、祖父の後について優里香を連れ、会場の中央へ向かう。

その時、集まった人々から、いつも以上に視線を感じた。恐らく優里香を伴っているからだろう。

皆、俺が我が物顔で優里香の腰に手を回しているのを見て、呆気に取られている。

驚きと戸惑いを感じているといったところだろうか。

一カ月前に花婿に逃げられ、家を追い出された悪評に満ちた優里香が、俺の横にいて、しかも久遠家の家宝のひとつであるネックレスを身につけているのだから。

「今日はこんなに多くの人に祝ってもらい、とても嬉しく思います。孫もこんなに美しい女性との結婚を決め、私を安心させてくれました。孫たちの未来と皆さんの幸福に乾杯！」

壇上で挨拶したじいさんが俺と優里香に目を向けニコッとすると、グラスを掲げた。

それから招待客が次々と俺たちのもとに挨拶に来て、にこやかに対応した。

皆が優里香の美しさを褒め称える。

今まで『悪女』『あばずれ女』などと優里香を罵ってきた連中が手のひらを返したように媚《こ》びへつらうのを見て、とても愚かに思えた。

「尊、婚約おめでとう。優里香さんもおめでとうございます」

大学時代の友人の田村紗良がグリーンのロングドレス姿で現れて、俺たちを笑顔で祝福する。

俺が「ありがとう」と笑顔で返事をすると、優里香も「ありがとうございます」と軽く頭を下げた。

「難攻不落だった尊を落とすなんて、本当に優里香さんはすごいわ」

紗良の褒め言葉を聞いて、優里香は戸惑いを見せた。

「え？　あの……」

「こんな美形でリッチな御曹司と結婚できる優里香さんが羨ましい。今度こそお幸せに」

紗良はしばし俺をじっと見つめてから、優里香に目を向け、おどけるように言って俺たちの前から去っていく。

少し棘《とげ》を感じさせる発言。そのことに気づいているのか、優里香は黙ったまま。

そんな優里香の肩をそっと抱き、彼女に言い聞かせる。

「気にしなくていい。優里香が本当に羨ましくて言っただけだ」

俺はあえて紗良になにも言葉をかけなかった。彼女の気持ちが俺にあることに気づいていたからだ。

イギリスにいた時、紗良を何度かパーティーに同伴したことがあった。だが、男女の関係にはなっていない。あくまでも友人としての付き合いだったけれど、彼女は次第に俺に好意を抱くようになった。特に告白されたわけではないが、彼女の俺を見る目でわかる。

それからは紗良を同伴することはやめ、距離を置くようになった。彼女の気持ちに応えられないから、変な期待を持たせないようにしたのだ。

日本で再会してからも彼女からの好意は感じていて何度かアプローチは受けたが、軽く流している。会っても少し雑談する程度で、食事にも誘っていない。

紗良だって馬鹿じゃない。今日のパーティーで俺と優里香を見て、俺のことは諦めただろう。

「……ええ」と優里香が小さく返事をしたその時、ついに彼女の家族が俺たちの前に現れた。

優里香の父親は背が高く細身で、切れ長の目が印象的。優里香に似ているのは背が高いところくらいだろう。

緑のドレスを着ている義母は小柄で、キャバクラの女のような派手なメイクをしている。ピンクのドレス姿の義妹は目が丸く、今流行りのアイドル風の顔立ちだ。

「水沢です。本日はおめでとうございます。あの……その……うちの優里香と結婚されるというのは本当でしょうか？」

自分の家族を見て、優里香が顔を強張らせたので、彼女を安心させるためにその手をギュッと握った。

本当は逃げたくて仕方がないのだろう。だが、彼女が逃げる必要はない。俺の隣で堂々としていればいいのだ。

「もう〝うちの優里香〟ではないでしょう？」

にこやかに笑ってチクリと嫌みを言うと、水沢社長は凍りついた。

「いえ……それは……その……」

しどろもどろになる水沢社長の代わりに後妻がすかさずフォローに入る。

「なにか誤解があるようですわ。優里香さんは、私と主人の大事な娘ですのよ」

ホホホッと笑いながら心にもないことを言う後妻を見て、呆れずにはいられなかった。

散々俺の大事な女を苦しめておいて、いけしゃあしゃあとなにを言っているのか？

時代が違えば、この女を手討ちにしているところだ。

「〝大事な娘〟なのは、そちらにいるお嬢さんでは？」

俺がフッと笑みを浮かべて、優里香の義妹に目を向けると、彼女は顔を赤くした。

ピンクのドレスを着てかわいく着飾ってはいるが、俺の目には卑劣で汚い女にしか見えない。なんせカフェで優里香に熱いコーヒーをかけた女だ。その顔を見るだけで怒りが込み上げてくる。

「ええ。もちろん、この子も大事な娘です」と義母が相槌を打ち、義妹を俺に売り込む。

「優しくて、親思いのいい子なんですの」

犯罪まがいのことをしている腹黒女の間違いだろ？

心の中でそう罵って、「お嬢さんにもよいお相手が見つかるといいですね」と適当にあしらい、優里香の手を引いてこの場を離れようとしたら、水沢社長に引き止められた。

「待ってください。優里香は私の娘です。水沢家の人間として、ちゃんと嫁に出してやりたいのですが」

「水沢社長、私があなたをお義父さんと呼ぶことはありません。その理由はあなたがよーくわかっているはずだ。お忘れのようなら、ここでお話ししますが？」

水沢社長に冷ややかに告げれば、彼は顔を青くしてブルブルと震えながら「……いいえ」と返した。

「まだ籍は入れていませんが、優里香はもう久遠家の人間です。他の何者でもありません」

俺が改めて水沢家の人間ではないことを強調すると、近くにいた父が笑顔で頷いた。

「ええ。私の大切な娘です。誰にも文句は言わせませんよ」

ニコニコ顔で言っているが、父のそれは脅し文句だ。

優里香に害をなす者がいれば、父は……久遠家は許さないと言っている。

はっきりと父に宣言され、水沢社長と後妻は項垂《うなだ》れた。

その姿を見て、少しすっきりした。彼らに久遠家と繋がりができたと大きな顔をされては困る。久遠家の一員になったことで、優里香の名誉もいくぶん回復しただろう。

「さあ優里香、なにかドリンクを取ってこよう。喉が渇いただろ？」

「……ええ」

この状況にいささか困惑しながらも返事をする優里香の手を引いて歩き出すと、誰かの視線を強く感じた。その視線の方にチラッと目をやると、優里香の義妹が刺すような眼差しをこちらに向けている。優里香に気づかせたくなくて、足早にこの場から離れて彼女を一度会場の外に連れ出し、通路にあった椅子に座らせた。

「逃げなかったな。偉い、偉い」

わざとおどけて言えば、優里香は俺に恨みがましい視線を向けてきた。

「逃げたくても尊が手を繋いでて逃げられなかったわ。生きた心地がしなかったわよ」

胸に手を当ててハーッと息を吐くと、彼女は急に表情を変え、ニコッと微笑んだ。

「でも……ありがと。父を招待したのはあなたでしょう?」

「招待状を送ったのは真田だ」

優里香を見つめてそんな屁理屈を言えば、彼女はクスッと声を出して笑った。

「尊らしい言い訳ね。私……ずっと水沢家に縛られていた。だけど、尊のお陰で今すべてから解放されたような気がするわ」

その晴れ晴れとした笑顔を見て、これで彼女は壁をひとつ乗り越えたように思った。

それからホテルのスタッフからドリンクをもらいひと息ついていると、うちの顧問弁護士をしている高校時代の親友に声をかけられた。

「尊、優里香さん、おめでとう」

サラリとした黒髪に中性的な顔立ちをした彼は、中村晴彦《なかむらはるひこ》。

「お前、婚約したならしたって知らせろよ。しかも、相手は優里香さんじゃないか」

中村が俺の肩をパシッと叩く。

「悪い。びっくりさせたくてな」

小さく笑いながら謝ると、彼は興奮気味に言った。

「萌絵《もえ》が知ったら喜ぶよ。今日仕事じゃなきゃ連れてきたのにな」

萌絵というのは中村の奥さんで、高校時代の優里香の親友。

「萌絵……元気にしてる？」

優里香が少し強張った顔で中村に尋ねると、彼は明るく返した。

「ああ。萌絵は元気だよ。それに、優里香さんのこと心配してた」

中村の言葉が意外だったのか、優里香は目を大きく見開いた。

「いろいろ悪い噂が立ったから、私に失望してるかと思った」

真田に調べたさせたところでは、優里香の義妹は優里香だけではなく、彼女の親友にも嫌がらせなどをしていたらしい。

「そんなわけない。萌絵は自分を守るために優里香さんが離れたってちゃんと理解してるよ」

中村の話に優里香は目を潤ませ、「そう」と小さく相槌を打った。

今にも泣きそうだな。

親友が自分のことを信じてくれていたことが嬉しかったのだろう。

「落ち着いたら萌絵に会ってやって」

中村が笑ってそう言うが、彼女は曖昧《あいまい》な返事をする。

「……うん。そうね。いつか」

親友と会えることにもっと喜ぶかと思ったが、優里香の表情は暗い。

中村がこの場から去ると、彼女は俺に目を向けた。

「中村くんも尊が呼んだのね。彼が私の親友……萌絵と結婚してることも当然知っていたのよね？」

「まあな。優里香のことを信じていたんだから、もっと喜べばいい。まだなにか心配なことがあるのか？」

「義妹はとてもプライドが高いの。私が尊と婚約したと知って今頃悔しがっているでしょうね。だとしたら、またなにか仕掛けてくるかもしれない。気軽には会えないわ」

優里香の懸念は理解できる。彼女の義妹は別れ際、優里香を憎らしげに睨んでいた。

彼女は親友が傷つけられることを恐れている。だから、まだ会う気にはなれないのだ。悲しい顔をする優里香は見たくない。

不安そうな顔をする優里香の手をしっかりと握り、彼女に約束した。

「優里香には俺がいる。もう誰にも傷つけさせない」

パーティーの後、家に帰ると、優里香も俺もすぐに入浴を済ませた。

時刻は十一時すぎ。いつもならリビングでニュースを観るが、今日は優里香が少し疲れているようなので、寝室のベッドでまったりすることにした。

寝るにはまだ早いせいか、優里香はベッドに横になってもなかなか寝つけない様子。

「ねえ、今日私がつけたネックレス、すごく大事なものなんでしょう?」

「俺にとってはネックレスよりも優里香の方が大事だよ」

彼女にプレッシャーをかけたくなくて、話題をすり替えた。

「それより、優里香と観たい映画があるんだ」

ベッドの向かい側にあるテレビをつけると、ネット配信されたばかりのアメリカ映画を探す。

「映画?」

テレビの画面に目をやった彼女は、俺が選んだ映画のタイトルを見て固まった。

「これ……すごく怖いって噂のよね?」

俺が選んだのは、呪いの人形が出てくるホラー映画。

「そう。優里香、怖いの苦手だったか?」

わざと挑発すると、彼女は顔を引きつらせながら言い返した。

「そんなことないわ。全然平気よ」

この反応、やはりホラーは苦手なんだな。

「それじゃあ問題ないな」

「もちろんよ」

強がる優里香を横目に見ながらリモコンを操作して映画を再生する。

だが、始まって三分も経たないうちに彼女は俺の腕にしがみつき、呪いの人形が画面にチラッと映っただけで「キャア〜！」と声をあげた。

「大丈夫か？」

優里香に目を向けると、彼女は「ちょっと驚いただけ。全然怖くないわ」と、俺にしがみつきながら下手な言い訳をする。

だが中盤以降になり、呪いの人形がしゃべりながら次々と人に襲いかかると、優里香は「キャー、キャー！」と叫び続けた。まるで絶叫マシンに乗っているかのよう。

「見るのやめるか？」

俺がニコニコ顔で提案するが、彼女は意外にも反対する。

「ダメよ。ここまできたら、最後まで見ないと気が済まないわ」

怖いもの見たさで、彼女は画面を食い入るように見ている。どうやらホラー映画にハマってしまったらしい。それでも怖いのは変わらないようで、「キャー、イヤー！」と叫び、俺に身体を密着させてくる。

俺としては役得。休日はホラー映画をずっと見せようかな。

「クリスマスプレゼント、あの人形贈ろうか？」

そんな冗談を口にすれば、彼女は全力で拒否。

「絶対に嫌。そんなことしたら、尊が寝てる時に横に置くわよ。だから絶対に買わないで……キャア〜！」

絶叫する彼女をからかいながら映画を楽しむ。

さすがに叫びすぎて疲れたのか、エンドロールが終わると、彼女がうとうとしだして……。

「優里香？」

声をかけても、「……ん」としか反応がない。

しばらくすると、スーッと寝息が聞こえてきた。どうやら俺の作戦は成功。

優里香はなんでもひとりで抱え込む傾向がある。あれだけ叫べば胸の中が少しはすっきりしたはず。

「もうなにも考えずぐっすり眠れ」

愛しの婚約者に優しく口づけると、俺も彼女を抱きしめながら眠りについた。

私をあなたのお嫁さんにしてください

「優里香さんの彼氏ってすごくカッコいいですよね～。もうおふたりが並んでる姿見ると憧れます」

アルバイトの莉乃《りの》ちゃんが、焼き立てのパンをトレーに移しながらクスッと笑う。

マロン色のふんわりミディアムヘアがよく似合っている彼女は、斉藤《さいとう》莉乃という。元気で明るい大学四年生。就職活動が無事に終わったとかで二週間前から働き始めたのだが、シフトが重なることが多くてすっかり仲良くなった。

「そんな恥ずかしいこと言わないで、莉乃ちゃん」

パーティーがあった三日後、私はいつものようにカフェで働いていた。

尊が毎日のようにカフェに現れるから、彼女は私と尊の関係を知っている。

顔が火照るのを感じながら莉乃ちゃんの肩を軽く叩いたら、彼女がそんな私をからかった。

「照れてる優里香さん、かわいい～。あ～、私も素敵な彼氏欲しいなあ。御曹司でなくていいから、誠実で優しい人」

「莉乃ちゃん、かわいいもの。すぐに彼氏できるわよ」

明るくていい子なので絶対にモテると思うのだが、彼女は顔をしかめた。

「すぐにできないからずっと彼氏がいないんですよ」

「まだ大学生だし、焦らなくてもいいんじゃない？　新しい就職先で見つければ」

そばにいた麗さんがそんなアドバイスをすると、莉乃ちゃんはハーッと溜め息をついた。

「焦らないと独り身のままおばあちゃんになっちゃいますよ」

私たち三人が同じシフトの時は、店が空いてくると恋バナで盛り上がる。たいてい尊の話になるのだけれど……。高校の時の彼はどうだったとか、どちらからアプローチしたのかとか、どこにデートに行くとか、莉乃ちゃんに根掘り葉掘り聞かれている。

「優里香さんみたいなドラマチックな再会とか、運命の出会いないかなあ。あっ、そういえば、久遠さんの秘書の方もイケメンですよね。彼女いるのかなあ？」

「ああ、真田さん？　いないんじゃないかしら？」

そんな話をしていたら、当の本人が現れた。

「私がなにか？」

怪訝そうな顔をして真田さんは私に尋ねる。

「い、いえ、なんでもないです。せ、戦国武将の話をしてて、武田信玄《たけだしんげん》とか真田幸村《さなだゆきむら》とか……」

あたふたしながらごまかす私を変に思ってはいるようだったが、彼はつっこんで聞かず、用件を伝える。

「優里香さま、すみません。副社長室にカプチーノをお願いします」

尊は今ズーム会議中だそうで、抜けられないのだろう。前回頼まれた時そうだった。

「かしこまりました。でも、電話でよかったのに」

わざわざ真田さんが出向いてこなくてもと思うのだけれど、彼の考えは違った。

「忙しい尊さまの代わりに私が様子を見に来たんです」

尊、過保護すぎるわ。きっと真田さんに、『優里香に悪い虫がついていないか様子を見てこい』とか命じたに違いない。

「真田さんだって忙しいのに、余計な仕事を増やしてしまってごめんなさい」

「いいえ。優里香さまをお守りするのは我々の使命です」

真田さんの忠実な下士官のような返答に苦笑いしつつ、声を潜めて気になったことを彼に尋ねた。

「ねえ真田さん、パーティーの次の日からずっと気になるお客さんがいるんですが、ひょっとして私に護衛をつけてるんですか?」

奥に座って新聞を読んでいる男性客をチラッと見た。

その男性は開店時間からずっといて、たまに私の様子をうかがっている。

「もうバレましたか。優里香さんの安全のためです。それに、尊さまに落ち着いて仕事をしてもらうためでもあります。どうかご理解ください」

真田さんは軽く一礼して、奥の席に座っているスーツ姿の男性客のもとへ行く。

警備の人だけでは足りなくて護衛までつけるなんて……。

私がカフェでもらう給料より、警備費の方が何倍も高くついてるわ。

パーティーの時の私の発言もあって、尊はそれだけ義妹のことを警戒しているのだろう。ここ最近は私の仕事が終わると、真田さんがマンションまで送ってくれるし。

尊としては、私に家でじっとしていてほしいというのが本音かもしれないけれど、彼はカフェで働きたいという私の意思を尊重してくれる。

「莉乃ちゃん、真田さんに抹茶ラテ作って持ってってあげて。私のおごりで。私は副社長室に持っていくカプチーノを準備するから」

真田さんはうちのメニューでは抹茶ラテが好きなようで、尊の注文と一緒によく用意している。

「はい、了解です」

彼女が抹茶ラテを作って真田さんに持っていく。

莉乃ちゃん、顔から笑顔が溢れてる。ふたりが恋仲になったら嬉しいのだけれど。

クスッと笑みを浮かべると、私は尊のカプチーノと熱々のクロワッサンを準備した。

カプチーノにはシナモンパウダーをたっぷりかける。

クロワッサンは、私からのサービス。彼もここのクロワッサンが好きなのだ。

デリバリー用の籠《かご》にカプチーノとクロワッサンを詰め終わると、護衛との話が終わったのか、真田さんが私に声をかけた。

「抹茶ラテごちそうさまでした。では、行きましょうか?」

「ええ」

籠を手に持ち、真田さんとカフェを出ると、一階のエレベーターホールに向かい、尊のオフィスがある最上階へ——。

真田さんが軽くノックをして副社長室のドアを開ける。

中は四十平米くらいの広さで、壁面はフローリングの素材が使用されていて、高層階のオフィスなのに、木の温もりを感じさせる。右側には執務デスク、左側には高級そうなレザーのソファセットが置かれ、その奥にはシャワールームもある。

尊は執務デスクに座ってウェブ会議中。メガネをしているその姿を見て、思わずときめいてしまう。

私ってメガネに弱いのかしら。でも、他にメガネをかけている男性を見てもドキッとしない。

そっとデスクに近づくと、彼がチラッと私を見て目が合った。

ニコッと微笑む尊に口パクと身振り手振りでデスクに籠を置くと伝えて部屋を出ていこうとしたら、彼に手を掴まれた。驚いて叫びそうになり、慌てて口を手で押さえる。

ウェブ会議中なのに、なにをやってるの！

口パクで抗議したら、彼は手元にあった書類でパソコン画面を隠し、私にチュッと口づけた。

「ちょっとエネルギー補給」

悪戯っぽく笑って私の耳元でそう囁くと、彼は書類をもとの位置に戻し、何食わぬ顔で会議の相手に向かって英語で発言をした。

もう心臓がドキドキして腰が抜けそう。

胸に手を当てながら副社長室を出ると真田さんがいて、思わず顔が熱くなった。

いつの間にか廊下で待機しているけれど、彼も一緒に部屋の中に入ったのだからさっきのキスは見ていたはず。

でも、あえて触れてこないところはさすが有能秘書といったところだろうか。

尊ったらもうちょっと場所をわきまえてよ。

心の中で尊に文句を言っていたら、真田さんにお礼を言われた。

「ありがとうございました。優里香さまのお陰で疲れも吹き飛んだようです。今日はスケジュールがタイトでランチも満足にとっていなかったので」

尊が弱った姿は今まで見たことがない。ついさっきも元気そうだったけど、彼も普通の人間。仕事がハードだと疲れを感じるはず。

カプチーノとクロワッサンが、そんな彼の疲れを少しでも軽減してくれればと思う。

「あまり無理しないように伝えてください」

「ええ。では、カフェまでお送りします」

「……すみません」

真田さんに面倒をかけるのが申し訳なくて謝ると、彼は小さく頭を振った。

「謝らないでください。優里香さまをお守りすることは、私のためでもあります。あなたは久遠の宝ですから」

「……そんなたいそうなものでは。でも、久遠家の人たちにはよくしてもらってとても感謝しています。もちろん真田さんにも」

にっこりと微笑むと、彼は私から少し視線を逸らしながら注意した。

「優里香さま、その笑顔はいけません。世の男性を虜にします」

「……よくわからないけれど、気をつけますね」

苦笑いしながらそんな言葉を返したら、彼が少しホッとした顔をした。

「ええ。尊さまの心の平安のためにもそうしてください」

真田さんは私をカフェまで送り届け、また尊のもとへ戻った。


それから午後八時の閉店時間になり、着替えを済ませてスタッフルームを出ると、尊と真田さんが現れた。

「あら、今日は会合とか接待はないの？」

尊に尋ねると、彼は私の手を掴んでフッと笑う。

「予定が急にキャンセルになったんだ」

「そうなのね。今日は忙しそうだったからよかったわね」

「まあ、優里香のために頑張ったからね」

「え？」

尊の言葉の意味がよくわからず聞き返したら、彼は頭を振った。

「なんでもない。こっちの話だ。さあ、帰るぞ」

尊たちとビルを出ると、正面玄関前に停まっていた社用車でマンションへ――。

真田さんと部屋の玄関前で別れ、尊がドアを開けて中に入る。

玄関を上がり、コートを脱ぐ尊に目を向けた。

「夕食、なにがいい？」

「俺が作るから、優里香はシャワーでも浴びてくるといい」

「でも、尊疲れてるでしょう？」

「大丈夫。疲れてない」

どこか企み顔で言って、彼はスーツ姿のままキッチンに向かうと、ジャケットを脱いだ。

「ほら、ボーッとしてないで、優里香はシャワー浴びてこいよ」

「はいはい、わかりました」

「『はい』は一回だ」

「はい」

クスクス笑ってバスルームに行き、シャワーを浴びる。

男性と生活するのは初めてだったけれど、尊とはうまくいっていて、もうここがすっかり自分の家になっている。

幼馴染のせいか気心が知れていて、居心地のよさを感じるのだ。

彼が上半身裸で家の中を歩き回ったりすることに驚きはしたが、それ以外は完璧。

イギリスに留学していたせいか家事は私よりもできるし、お酒を飲んでも酔って絡んでくることもないし、自分が疲れていてもいつだって私を気遣う。

きっと世界中探したって、私をこんなにも大事にしてくれる人は彼しかいないだろう。

尊のおじいさまやご両親も、私のことを本当の娘のようにかわいがってくれる。

パーティーで尊がつけてくれたネックレスは、今日、麗さんから聞いた話によれば、久遠家の嫁が代々身につける家宝だった。

尊だけでなく久遠家の人たちも、なんの偏見もなく私を見てくれる。

だから、最近考えてしまう。

尊と結婚したら幸せになれるかもしれないって。

彼に愛されて、彼の家族に祝福されて、幸せに満ちた日々を送る。

でも、愛は永遠じゃない。いつか尊が私に興味をなくしたら……。

そう考えるだけで怖いのだ。

パーティーで紗良さんが言った言葉だって気になる。

『こんな美形でリッチな御曹司と結婚できる優里香さんが羨ましい。今度こそお幸せに』

彼女は茶目っ気たっぷりに言ったが、皮肉が込められているように感じた。

ふたりが付き合っていたのか、彼女をどう思っているのか尊に聞きたいけれど、勇気が出ない。

自分がこんなに臆病だなんて、彼に恋をするまで知らなかった。

シャワーを終え、部屋着に着替えてキッチンへ行くと、ちょうど尊がテーブルをセッティングしているところだった。

「なにか手伝うことある？」

私が声をかけると、尊はキッチン台を指差した。

「じゃあ、サラダとスープ運んでくれるか？」

「ええ」

コクッと頷いて、私が綺麗に盛りつけられたサラダとコーンスープをテーブルに運んでいる間に、尊は用意していた肉をフライパンで焼きだした。お酒を加えてフランべする姿が決まっていて、この人にはできないものはないのではと思えてしまう。

「すごく、美味しそう。でも、ステーキなんてあった？」

食材は私が買うこともあるけれど、ほとんどは週に三回来てくれるお手伝いさんが冷蔵庫に補充してくれる。だから今冷蔵庫になにがあるか、はっきりとは知らない。

「俺が頼んで用意させた。今日はなんの日だ？」

「今日は十二月二日……あっ！」

自分の誕生日だったことを思い出し、思わず声をあげる。

「思い出したか？」

「接待がキャンセルになったって嘘なのね。日中忙しかったのは私を祝うため？」

「そういうこと。さあ、食べよう」

尊は慣れた手つきでステーキを皿にのせると、テーブルに運ぶ。それからシャンパンを開けてグラスに注ぎ、私を席に座らせて自分も向かい側の席に着いた。

尊はグラスを手に取り、私を見つめて甘く微笑んだ。

「二十七歳おめでとう」

「ありがとう」

こんな風に誕生日を祝ってもらうのは久しぶりだ。母が入院してからは、誕生日どころじゃなくて、いつの間にか意識することもなくなった。母の看病や弟の世話でそれどころじゃなかったのだ。

「私のために時間を作ってくれてありがとう」

ただでさえ忙しいのに、こうして祝ってくれる。

もう一度彼の目を見て心から礼を言う。

「俺にとっては一番大事な日だよ」

彼の愛情に満ちた言葉に胸がじわじわと熱くなる。

「もう……どれだけ感動させたら気が済むの？」

涙ぐむ私を、彼は優しく注意した。

「どれだけだろうな？　ほら、泣くなよ。せっかくの肉が冷める」

その甘い声を聞いて、ズルい人だと思った。

昨日よりは今日、今日よりも明日、私はもっとあなたを好きになる。

もうあなたなしでは生きていけない。

「肉、俺が食べさせようか？」

泣いている私を笑わせようと彼がそんな言葉を口にするので、泣き笑いしながら文句を言った。

「私を甘やかしすぎよ」

「惚れた女に優しくしてなにが悪い？　俺だって今まで本気で人を好きになったことがないんだから、加減がわからないんだよ」

笑って開き直る尊が愛おしくてたまらない。

彼はフォークとナイフを動かしてカットした肉をフォークに刺し、手を伸ばして私の口元に運んだ。

マナー違反ではあったが、せっかくなのでパクッと口にする。

「……塩味が効いてて美味しいわ」

「それ、優里香の涙だろ？」

尊が悪戯っぽく笑いながらつっこむ。つられて私も笑い、終始温かいムードで食事をする。

尊と一緒に過ごすようになって、毎日がこんなに幸せ。

私を守ってくれて、私のために食事を作ってくれて、私を笑わせてくれて……。

彼はケーキまで用意していて、照明を暗くして蝋燭《ろうそく》に火をつけると、手を叩きながら「ハッピバースデートゥユー……」と歌いだした。

「優里香、蝋燭の火、消して」

歌う尊が珍しくてじっと見ていたら、彼に促された。

私が「あっ、はい」と慌てて返事をして火を消すと、尊は照明を明るくする。

「改めて誕生日おめでとう」

極上の笑顔で言って、彼は突然私の足元に跪《ひざまず》いた。

「尊？」

尊の行動を不思議に思って首を傾げていたら、彼はズボンのポケットから深緑の小箱を出す。

この状況でこれから起こることは予想できた。

心臓が急にドキドキしてきて、息をするのも忘れてしまいそう。

尊が箱を開けると、中にはダイヤの指輪が入っていた。

なめらかなフォルムをしたプラチナリングにブリリアントカットのダイヤが配されていて、キラキラ輝いている。

尊は、私の左手を取って薬指に指輪をはめた。サイズはピッタリ。

「なにがあろうと優里香のそばにいる。だから、結婚しよう」

彼のプロポーズを聞いて目頭が熱くなった。だが、まだ胸の中に疑念があって『はい』と言えない。

尊と未来を歩んでいくなら、はっきり確認しなきゃ。

迷ってはダメ。勇気を出すのよ、優里香。

「尊……紗良さんとはなんでもなかったの？　あの……パーティーでの彼女の言動が気になって」

震える声で尊に問うと、彼は私の目をまっすぐに見つめて告げる。

「優里香が気にすることなんてなにもない。彼女は大学時代の友人で、何度かパーティーに同伴したことがあるだけで、男女の関係になったことは一度もない。本当だ」

とても誠実で静かな声だった。

その声が私の胸の中にあったもやもやを消していく。

「気になるなら、真田に確認してみるといい」

尊にそう言われたが、小さく頭を振った。

「大丈夫。尊は私に嘘は言わないもの。私が……奥さんになって後悔しない？」

紗良さんのことは解決したが、まだ不安はある。すぐにプロポーズの返事はせず、そんな質問を投げる私に、彼はとびきり甘く微笑んだ。

「後悔なんてしない。それに、優里香以外の女とは結婚しないよ」

どうしてこう自信満々に断言できるのだろう。ある意味羨ましい。

私は悩んでばっかりだ。

「尊……」

心が大きく揺れる。

彼が好き。でも、結婚は軽々しく決められない。

どう答えるべきか迷う私に、彼はわざと痺《しび》れを切らしたように言う。

「もう俺としては我慢の限界。いい加減イエスって言わないと、婚姻届にサインするまで優里香をずっとベッドに縛りつけることになるぞ。まあ、それも俺にとっては魅力的だけどな」

悪戯っぽく笑ってみせる彼の目は、とても温かい。

「尊……私……」

尊の目を見つめ、必死に答えを探す。

未来は誰にもわからない。

でも、彼の心が私から離れると決めてしまうのは早計ではないの？

恐れず、勇気を出すべきじゃない？

「俺を信じろ。俺は優里香の父親のようにはならない」

彼のその言葉が私の胸に響いた。

本当に彼には敵わない。私の心を読んだかのように欲しい言葉を口にする。それで心が決まった。

「私をあなたのお嫁さんにしてください」

尊の手を掴んで返事をすると、彼はどんな女性も魅了する蕩けそうな笑顔を見せる。

「もちろんだ。俺以外の男の嫁になるなんて認めない」

「尊……好きよ」

人生初の告白。順番は違ったけれど、やっと気持ちを伝えられた。

「優里香がそう言ってくれるのを待ってた」

尊は私の頬を両手で包み込むと、顔を近づけてゆっくりと口づけた。

彼と心がひとつになったような気がする。

結婚式に花婿が逃げた時から、尊はずっと私を見守ってくれていた。

そして、こうしてプロポーズをしてくれて……。

私も尊を支えたいし、彼になにかしたい。

キスを終わらせた彼に、「今度は私が尊の誕生日をしっかりとお祝いします」と宣言したら、彼が衝撃的な一言を放った。

「俺の誕生日はもう過ぎたよ。優里香と再会した日が俺の誕生日だった」

「う……そ。お祝いしたかったのに」

「まあ、来年もそのまた次の年もあるし、それに今年はとってもいいプレゼントを優里香にもらった」

意味深に微笑む彼に、キョトンとしながら否定する。

「私、なにもあげてないわ」

「忘れたとは言わせない。優里香自身をもらっただろ？」

尊の言葉を聞いて思わず「あっ！」と声をあげ、顔を赤くする。

言われてみれば、あの日、彼に私の初めてを捧げた。

「あとは名前を変えてくれれば、優里香は俺のものになる。明日は土曜だし、結婚指輪を一緒に買いに行こう」

結婚指輪……。

考えてみたら、自分の指のサイズを私は知らない。なぜ尊にはわかったの？

前の結婚では、結婚式の一週間前に外商がやってきて、サイズを気にせず義母に言われたものをはめさせられた。

「……ねえ、この指輪、どうしてサイズがわかったの？」

「そりゃあまあ、優里香が寝てる時に、いろんなサイズの指輪をはめて調べたんだよ」

茶目っ気たっぷりに言う彼がとても愛おしい。

「その時の尊……見てみたかったわ」

尊なら見ただけで指のサイズがわかるような力を持っていそうだけど、彼がそんな超人に思えるのはきっと陰でいろいろ努力しているからだ。

「今、本番を見たからいいじゃないか。完璧だっただろ?」

「うん。そうね。感動したわ。一生忘れない」

今日のことだって私のためを思って段取りを考えて、準備してくれた。

クスッと笑うと、彼の背中に腕を回して抱きついた。

「尊、ありがとう」

俺の覚悟　―　尊side

「ねぇ、ひょっとして貸し切りにしたの？」

店内に俺たち以外の客がいないのを見て、優里香が声を潜めた。

「頼んではいないんだが、予約を入れたら自然と貸し切りになった。まあ、集中して選べるからいいじゃないか」

優里香にプロポーズした次の日、俺と彼女は結婚指輪を買いに銀座に来ていた。

今、俺たちがいるのは、有名ブランド店。

実は優里香にプレゼントした婚約指輪もこの店で購入したものだ。

「そうね。ところで、結婚指輪、尊もずっとはめるの？」

優里香がケースに陳列された結婚指輪を眺めながら俺に尋ねる。

「はめない選択肢は俺にはないな。なんでそんなことを聞く？」

「父がしてるの見たことなかったから。指輪つけるの苦手な男性はいるでしょう？」

彼女の話を聞いて、彼女の父親が結婚指輪をはめなかったのは、別の理由ではないかと思った。結婚しても妻に縛られず女と遊びたい男はたくさんいる。

それに彼女は、父親が母親を裏切って今の義母と不倫関係にあったこともあり、結婚というか男に対する認識が少々残念な方向にいっている。

恋をしてもいずれ熱が冷める……そんな考えがあったから、優里香は俺が結婚したいと言ってもなかなかオーケーしなかった。

「俺は一刻も早くはめたい」

優里香が考えている男性像とは違うことをアピールする。

「尊はモテるから女避けに使いたいんでしょう？　銀座を歩いてても、すれ違う女の人みんな尊を振り返るもの」

俺の発言を聞いてクスクス笑う彼女に、茶化さず真剣に伝える。

「俺には優里香しか見えてない。他のものは全部景色の一部だ」

正直言って騒がれるのは好きではない。だから、いつも誰かの視線を感じても気にしないようにしている。

「ほら、そんなことよりも気に入ったのあったか？」

「尊が見せてくれたカタログがあったから、いくつか目星はつけたんだけど、実際につけてみないとね。あと尊の好みもあるでしょう？」

好みね。俺も優里香も好きなブランドは同じで、服にしろ装飾品にしろ、シックでシンプルなものを選ぶ。

「多分、好みは似てるから気にしなくていい。好きなのを試してみよう。でないと、全部はめさせるぞ」

ニヤリとしてそんな脅し文句を口にすると、彼女は俺の腕を掴んでフフッと笑った。

「それだと尊が退屈しちゃうわ」

「俺は充分楽しめる。で、どれがいいんだ？」

優里香に悪い虫がつかないようにする指輪選びだ。退屈するわけがない。

「この中央の」

優里香が指差した、プラチナとゴールドを重ねた立体的なフォルムの指輪にチラリと目をやり、彼女に確認する。

「他の候補は？」

「右端の。そのふたつがいいかと思って」

右端の指輪はミル打ちのリングで、女性のものにはダイヤが一列並んでいて、男性のものには内側にダイヤがひとつ埋め込まれていた。

「そうだな。プレーンなのよりいいかもしれない」

どちらも虫除けの機能をしっかり果たしそうだ。

「すみません。この二種類、見せてもらえますか?」

店員に声をかけると、カウンターの横の席に案内された。高級そうな白い椅子に優里香と並んで座り、ベルベットの四角い箱に入った指輪を見る。

「どうぞお試しになってください」

店員の言葉で、俺はまず優里香が最初に指差した立体的なフォルムの指輪を手に取った。

「尊、そっちは女性用よ」

優里香につっこまれたが、フッと笑って彼女の左手を掴む。

「わかってる。結婚式の予行練習だ」

昨日俺がプレゼントした婚約指輪がつけられている薬指に、結婚指輪をはめる。

「いいんじゃないか?」

俺が満足げに言うと、店員も優里香の手を見ながらにこやかに微笑んだ。

「そちらの婚約指輪と重ねづけされてもよくお似合いですよ。重ねづけには永遠の愛をロックするという意味もあります」

「へえ、それはずっと重ねづけしていてほしいな」

俺が店員の説明に相槌を打つと、優里香はうっとりとしながら指輪を見つめた。

「そうね、素敵ね。でも、尊も確認しないと。普段つけないから、つけ心地が気になると思うの」

俺のこともちゃんと考えるところが優里香らしい。

「それじゃあ優里香がはめてくれないか？」

「ええ」

優里香が指輪を手に取り、俺の指に通す。だが、なんだかぎこちない。

「本番でもないのに緊張してる？」

俺の指摘に彼女は少し頬をピンクに染めて言い訳する。

「人の指に指輪をはめる機会ってなかなかないじゃない？　練習が必要かも」

至極真面目な顔で言う優里香がかわいい。

「いつでも付き合うよ」

優里香を見つめて微笑んだら、店員がどこか羨ましそうに俺たちを見て頬を緩めた。

「結婚式が待ち遠しいですね」

店員の言葉に優里香はますます顔を赤くした。

そんな彼女に、店員がドリンクのメニューを見せる。

「なにか飲まれますか？」

メニューにはシャンパン、コーヒー、紅茶、それにソフトドリンクなどがあった。

「では、アイスティーを。尊は？」

優里香はメニューを見て即決し、俺を見やった。

「俺も同じのにする」

俺も迷わず決め、店員が席を外すと、優里香がフフッと笑う。

「カプチーノがないのが残念ね」

珍しく彼女が俺をいじってきて苦笑いした。

「なにを笑ってるのかと思えば。最近は優里香が作るカプチーノしか飲めなくなったからいいんだ。よそのは愛情がこもってないせいかな？」

じっと彼女を見つめてやり返したら、胸をトンと叩かれた。

「もう……からかわないで」

上目遣いに俺を見てくる優里香に向かってクスッと微笑する。

「本気で言ってるんだけどな。それより、もう一回俺の指にはめてみるか？」

「尊の指って長いからスムーズにいかなくて。いつも思うんだけど、綺麗な手をしてるわよね。男の人の手って、もっとごつごつしてるかと思ってた」

優里香が俺の手を掴んでまじまじと眺める。

「それを言うなら、優里香の手の方が綺麗だよ。白くてほっそりしてて、テレビのCMに出てくるような手をしてる」

俺も優里香の手を褒めると、照れているのか、彼女は少し狼狽えながら話を逸らす。

「ゆ、指輪つけて違和感あったりする？」

「初めてつけるけど、意外としっくりくる。それに、気分が変わるな。ひと目で妻帯者とわかるから、見ていて心地いい」

指輪をしているだけで、なんだか自然と頬が緩むし、安心感がある。

「束縛されるって感じない？」

俺をジーッと見つめてくる彼女に笑って返した。

「優里香よりも結婚にノリノリの俺が束縛を感じるわけないだろ」

「尊ってすごいわ。そう言い切られると、嬉しくて顔がニヤけちゃう」

両手で頬を抑える彼女がとても幸せそうで、見ていて心が温かくなった。

その後、店員が持ってきた飲み物を口にしながら、もうひとつのミル打ちの指輪を試してみる。

「どっちがいい？」

「こっちの方がクラシックな感じで好きかも」

「そうだな。飽きないデザインだし、ダイヤもついてていいんじゃないか」

「ミル打ちには子孫繁栄の意味もあるんですよ」

店員がフフッと笑いながらそう告げると、優里香がゴホッとむせた。

「そ、そうなんですね」

「では、この指輪をお願いします」

店員にとびきりの笑顔で伝える俺の横で、優里香はアイスティーをゴクゴク飲んでいた。

指輪を購入して店を後にすると、優里香に目を向けた。

「もうお昼だけど、なに食べたい？」

「お好み焼きでもいい？　もんじゃ焼き、食べてみたくて。尊は食べたことある？」

てっきり洋食系の食べ物を言うかと思っていたので、彼女の提案を聞いて少し驚いた。

「高校の時に、部活の帰りに友達に連れられて食べに行ったことが何度かある」

「そうなのね。意外。私は一度もないの。でも、ひとりで食べに行くものでもないし、なかなか機会がなくて」

「俺を誘ってくれて光栄だな」

ニコッと笑って、近くのお好み焼き店に行き、座敷の席に座る。

「なんだかワクワクする」

目をキラキラさせながらメニューを見る優里香に、「遊園地に来た子供みたいな目をしてる」と言うと、彼女は笑った。

「そうかも。こういうデート、ちょっと憧れてたの」

「まだそういうのがあれば、リスト作ってくれないか？」

「知ったら呆れるわよ。普通に遊園地や美術館にも行ってみたいし、いろんな温泉も巡ってみたいし、パリやロンドンを歩く尊も見てみたい。あっ、どこかで待ち合わせもしてみたいわ。渋谷《しぶや》のハチ公前《こうまえ》とか」

ハチ公前で待ち合わせ？　質の悪い男たちに囲まれる優里香の図が頭に浮かぶ。

ちょっと想像をして顔を歪めた。

「あー、ハチ公前で待ち合わせは却下だな」

「あっ、尊がそんな目立つ場所にいたら、女の子に囲まれちゃうわよね」

彼女がズレたことを言うので真顔で訂正する。

「いや、優里香がナンパされるから危険だ」

「あら、私今までナンパなんてされたことないわよ」

優里香がキョトンとした顔で否定するので、苦笑いした。

「無自覚って怖いな。カフェであれだけ男の視線を集めてよく言うよ。とにかく、俺と別行動になるのはダメだ。それ以外ならなんでも叶えるよ」

「魔法使いみたいね」

楽しそうに目を光らせる彼女を見て、悪戯っぽく微笑んだ。

「優里香限定のな。で、なに食べたい？　優里香の好きなシーフードもあるぞ」

「明太子やキムチ……もんじゃなのにトムヤンクンもある。でも、やっぱりシーフードにしようかしら」

「じゃあ、俺はお好み焼きのスペシャルにする」

店員を呼んで注文をすると、具材が運ばれてきた。

器に山盛りになった具材を見て、優里香が驚いた顔をする。

「これ、お好み焼きと同じように焼いていいの？」

「もんじゃは焼き方が違う。貸してみろよ」

もんじゃの具材が入った器を手にすると、鉄板に油を引き、彼女に説明しながら焼いていく。

「まず具材を出してこんな風にヘラで炒める。で、キャベツが柔らかくなってきたら、ドーナツみたいな土手を作る」

「なんだか工作みたいね」

「明確なルールはないが、この土手を作るのは大事だ。それで作った土手の内側に生地を流し込んで、混ぜ合わせる」

「尊、手つきが慣れてない？　お祭りの露店の人みたいよ」

「何度か作ってるからな。ほら、表面がプツプツしてきたら、青のりかけて、はがしで焦がしながら食べる」

　レクチャーしながらもんじゃをパクッと口にする俺を見て、優里香が少し引き気味に言った。

「見た目がすごいわね。最初は食べるのに勇気がいるわ……あっ、熱い。でも、美味しい。なんだか癖になりそう」

　にんまりしながら食べる彼女に優しく微笑んだ。

「口に合ったようでよかったよ」

「高校の時は想像できなかったわ。尊にレクチャーしてもらってもんじゃ食べるなんて」

昔を思い出してそんな話をする彼女に相槌を打った。

「そうだな。基本的に優里香は俺に塩対応だったたし。だが、それが楽しかった」

「……ごめんなさい。尊にいつもテストで負けるから悔しくって」

申し訳なさそうに謝る彼女をじっと見つめる。

「そういう全力で俺に向かってくるところ、すごいなって思ったから、俺も手を抜けなかった」

俺を本気にさせたのは優里香だけだった。

もし、他の女が結婚すると聞いても、日本に帰国はしなかっただろう。

もんじゃ焼きを堪能するとタクシーを拾い、運転手に優里香の祖父が入院している病院へ行くよう伝える。

実は彼女には今日おじいさんの病院に行くことは言ってなかった。

「え？　病院に行くの？　私、祖父になにも伝えてないんだけど、大丈夫かしら？」

驚く彼女の左手を掴んで笑顔で答える。

「ちゃんと知らせてあるから大丈夫だ。婚約指輪を見せてあげよう」

「ええ」

幸せそうに返事をする彼女。

しばらくすると、病院が見えてきて正面玄関前でタクシーを降りる。

フロアマップも見ずにスタスタと病室に向かう俺を見て、彼女がクスッと笑った。

「尊、ここに何度も来てるでしょう？　病室が変わったのも知ってるし……あっ、尊が手配してくれたのね。部屋がすごく豪華になっているもの」

優里香には言ってなかったが、お見合いをした後、病院に頼んでおじいさんの部屋を変えてもらった。

「優里香の大事な家族なら、俺にとっても大事だからな」

ちょくちょくお見舞いにも来ていて、おじいさんに彼女の近況を伝えている。

「ありがとう」

俺に感謝する彼女におどけて言う。

「今は泣くなよ。俺が泣かしたっておじいさんに誤解されたくない」

病室をノックして中に入ると、おじいさんはテレビを見ていた。

「ああ、来たか。待っていたよ」

俺と優里香を見て、おじいさんは頬を緩める。

「おじいちゃん、体調はどう？」

「すこぶるいい。優里香の花嫁姿を見るまでは死ねないからな」

ハハッとご機嫌な様子のおじいさんに俺から報告した。

「近いうちに優里香さんの花嫁姿、お見せできますよ」

「そうか。優里香がオーケーしたのだな」

おじいさんには見合いを頼んだ時に、俺が優里香を大事に思っていることを伝えていた。

「ええ。ようやく」

おじいさんの言葉に頷き、優里香がしている婚約指輪を見せるととても喜んでくれた。

「優里香、尊さんと一緒ならお前は幸せになれる。愛されて結婚するのが一番だ」

「うん」

優里香が少し涙ぐみながら頷くと、俺はおじいさんに約束した。

「彼女は俺が一生守ります」

優里香の父親や義母、義妹から守ってみせる。

「尊さん、頼みます」

おじいさんは俺の手を両手でしっかりと握り、頭を下げた。

病院から家へ帰ると、優里香の肩に手を置いた。

「先にお風呂に入ってくるといい」

「ええ。そうさせてもらうわ」

彼女がバスルームに行くとすぐに、ズボンのポケットに入れていたスマホがブルブルと震えた。ポケットから出して確認すると、真田からのメッセージ。

【護衛の報告によれば、今日も若い女がつけていたようです。警備を強化します】

祖父の米寿のパーティー以降、若い女が優里香をつけ回していて、俺も真田も警戒していた。防犯カメラの映像では顔がはっきり映っていないけど、背格好から推測するに、それは優里香の義妹と思われる。

今のところカフェでコーヒーをかけられて以来危害は加えられていないが、優里香をひとりにしたらなにかしら仕掛けてくるだろう。

過去、あらゆる手段で優里香を苦しめてきた彼女は、このまま黙ってはいないはず。

「もう優里香を傷つけさせない。絶対に」

真田のメッセージを見つめ、低く呟いた。

弱い自分

「ごちそうさまでした」

手を合わせて皿を片付けようと席を立つと、尊が怪訝な顔をする。

「あまり手をつけてないじゃないか。具合でも悪いのか？」

「なんだか胃もたれしてて食欲がないの。でも、よくあることだから」

尊と結婚指輪を買ってから五日が経ったが、私はちょっとした問題を抱えていた。

お腹に手を軽く当てて笑顔を作りながらも、食欲不振の原因を考える。

緊張やショックを感じると食欲がなくなることはあったが、今回はいつもの食欲不振とはどこか違った。

食べ物の匂いで気分が悪くなる。数日前からご飯やパンの匂いを受け付けないのだ。

今は尊と一緒にいて、精神的にも安定しているのになぜだろう。

やはり、義妹がなにか仕掛けてこないか心の奥底で恐れているのだろうか。

「どこか体調が悪いとか？」

尊が私のそばにきて、コツンと額を当ててくる。

不意打ちの行為に驚く私を見て、「熱はないな」と尊は淡々とした口調で言う。

「尊って誰にでもそんな風に確認するの？」

当然のようにされたが、こっちはドキッとする。

「まさか。優里香だけだ。この方法が手っ取り早いからな。昔、よく母親にされた」

「尊ってお母さん子だった？」

小さい尊がお母さまと一緒にいる姿を想像して、自然と頬が緩む。

「幼稚園くらいまではそうだったかな。親父はあまり家にいなかったし。だから、俺が誤って母親の手にスープをこぼして火傷させた時は、かなり自分を責めた。母さんは気にするなって笑ってたけどな」

ああ。だから、私が火傷した時、あんなに血相変えて手当てをしたのね。

「でも、尊のお母さまの手、特に火傷の痕はなかったわよ」

「まあ、医者の処置がよかったんだろうな」

「痕が残らなくてよかったわね。私の手も尊のお陰でもうほとんどわからなくなってる。ありがと、尊」

前に火傷した手を見せて微笑むと、彼はその手を掴んで恭しく口づけた。

「俺の大事なものなんだから守るのは当然だ」

照れもせずそんな言葉を口にされ、カーッと身体が熱くなる。

「そのセリフ、誰にでも言ってるでしょう?」

「心外だな。優里香限定だ。他の女を大事に思ったことなど一度もないからな」

もう日常会話が愛の告白なんですけど。

でも、彼は私のために自分の考えや気持ちをちゃんと言葉にしてくれるのかもしれない。私が不安にならないよう、しっかりと伝えようと努力してるんだと思う。

「私も……尊だけよ。大事に思っている男性は」

尊を見つめて言うと、彼がほんの一瞬だったが固まった。

「尊? どうしたの?」

尊の顔を覗き込もうとしたら、彼が私の肩に顎をのせ抱きしめてきた。

「あ~、今すぐベッドに連れてって優里香を抱きたい」

顔が見えないので本気か冗談かわからない。

「あ、あと十分もしたら真田さんが迎えに来るわ」

少し狼狽えながらそう指摘すると、尊が顔を上げて私と目を合わせた。

「今日休みにしようか?」

子供のように少し甘えムードで言う彼がなんだかかわいい。

「休む気なんてないでしょう？」

クスッと笑う私を、彼は恨みがましい目で見る。

「言ってみただけだ。朝から俺を誘惑しないでくれ」

とても名残りおしそうに尊が抱擁を解くものだから、彼のネクタイを掴んでチュッと口づける。そして、瞠目する彼にニコッと微笑んだ。

「これで機嫌直して」

「……まだまだ足りない」

尊はニヤリとすると、私の頭を掴んで深くキスをする。

「んん……」

少しは彼を驚かせることができたかと思ったけど、やはり彼には勝てない。

重なった唇が熱い。

もっと触れていたい。

もっと触れてほしい。

目を閉じて彼のキスに応えていたら、ピンポーンとインターホンが鳴った。

「……残念。真田が来た」

私の下唇を甘噛みして、彼はキスを終わらせる。

尊はすぐに現実に戻ったようだが、私の頭はまだボーッとしていた。

突っ立ったままの私の代わりに彼はてきぱきと動いて皿を食洗機に突っ込む。

「優里香、行くぞ」

ポンと尊に肩を叩かれハッとすると、バッグを手に持ち、彼の後を追いかけるようにして玄関に向かう。

マンションの鍵を持っている真田さんは、玄関で待機していた。

「おはようございます」

真田さんが挨拶すると、尊が軽く謝った。

「おはよう。待たせたな」

ついさっきまで私に熱いキスをしていたのに、今はもう辣腕《らつわん》なビジネスマンの顔をしている。

「いえ、想定内です」

無表情で返す真田さんの言葉を聞いて、居たたまれない気持ちになった。

私と尊が遅れた理由なんてわかっているのだろう。

「真田さん、おはようございます」

囁くような声で挨拶して尊の背中に隠れたら、彼が手を握ってきた。

「優里香、動揺しすぎだ」

私にだけ聞こえるように笑って言って、彼は歩きだす。

この落ち着きが羨ましく思える。きっと尊の心臓は鋼でできているに違いない。彼なら真田さんの前でも構わずキスしそう。

車に乗って久遠のビルに向かうと、尊が私をカフェまで送り届ける。これはもう日課だ。

「優里香、体調が悪くなったら麗さんに言えよ」

尊の言葉に「わかったわ」と小さく頷く。

「無理はするな」

私の頭をクシュッと撫でると、彼は靴音を響かせて自分のオフィスに向かっていった。

その後ろ姿を見送っていたら、「ラブラブで羨ましいわ」と麗さんにからかわれた。

「違います。彼が心配性なだけで」

顔が熱くなるのを感じながら否定するも、彼女はポンポン私の肩を叩いて褒める。

「尊は基本、人の心配なんてしないわよ。あいつを変えた優里香ちゃんはすごいわ」

「あ〜、私もリッチじゃなくていいから、優しい恋人が欲しいです。あんな風に愛されたい」

莉乃ちゃんまで加わり、ハハッと苦笑いした。

最近、このふたりからのいじりが定番になりつつある。

その後、いつも通り仕事をしていたら、莉乃ちゃんが隣にやってきて手で口元を隠しながら声を潜めた。

「優里香さん、ナプキン持ってませんか？　急になっちゃって」

「あるわよ。ちょっと待ってて」

スタッフルームに行き、自分のロッカーからナプキンの入ったポーチを出すが、あることに気づいてスマホを手に取った。

……そういえば、生理が来ていない。

前に来たのはもう二カ月以上前。尊と再会してからは生理は一度もない。

ひょっとして妊娠してる？　食欲がないのは妊娠のせい？

でも、私はピルを飲んでいる。

気になってスマホで薬のことを調べると、一日でも飲み忘れがあれば避妊の効果がなくなると書かれていた。

そういえば家を追い出されたあと、一日だけ飲み忘れた日があったかも……。

もし妊娠していたら、どうしよう。

尊は喜んでくれるだろうか？

ああ～、落ち着くのよ。尊に話す前に自分で確認しないと。

だけど護衛の人に妊娠検査薬を買いに行きます……なんて言えない。すぐに尊に報告がいって騒ぎになる。かといって、麗さんに頼むわけにもいかない。

……そうだ。ここから歩いて一分ほどのところにドラッグストアがある。護衛の人がついてくるだろうが、尊に報告がいったら、ナプキンを買いに行ったとごまかせばいい。

スマホをしまい、ポーチを持ってカウンターに戻ると、莉乃ちゃんに声をかけた。

「お待たせ」

ポーチをそっと渡したら、莉乃ちゃんが「ありがとうございます」と言って、トレに消えた。彼女がいなくなると、フーッと軽く息を吐く。

妊娠なんてまったく考えたことがなかった。

お腹に赤ちゃんがいたらどうすればいい？

まだ結婚もしていないのに、順番が逆になってしまう。彼は副社長という立場もあるし、困らないだろうか？

子供は欲しいとは言っていたけれど、もう少し先のつもりだったかもしれない。

本当に妊娠していたら……と考えるだけで怖い。私がピルを飲み忘れたせいで彼に迷惑をかけてしまう。

「すみません。カフェオレひとつお願いします」

お客さんに声をかけられ、「はい」と返事をして接客に集中する。

ランチタイムの忙しい時間を過ぎると、麗さんに「優里香ちゃん、お昼とっていいわよ」と言われた。

どうせ食欲はあまりない。お昼はとらずに、スタッフルームからバッグを取ってきて、すぐ近くのドラッグストアに早足で向かう。

護衛へのカモフラージュのため、ドラックストアに入るとすぐにナプキンのコーナーに行く。商品を見るふりをしながら妊娠検査薬のある場所を探すと、運がいいことに隣の陳列棚にあった。

ナプキンをひとつ手に取り、何気なく妊娠検査薬を手にして会計を済ませる。

店員が商品を紙袋に入れてくれたのでホッとした。

これならなにを買ったかはわからない。

すぐに店を出てカフェに戻ろうとするが、交差点の信号が赤だった。

この間に尊がカフェにやってきたらと気が気じゃない。

焦りを感じながら信号待ちをしていたら、後ろの人にいきなりドンと背中を押された。

「キャッ！」

叫ぶと同時に目の前に車が迫ってくる。

轢《ひ》かれる！

一歩も動けずギュッと目を瞑ったら、「優里香！」と尊の声がして、誰かに体当たりされた。

地面に転がり、身体が衝撃を受けるが、あまり痛みを感じない。

それはほんの数秒の出来事。

耳元で尊の声が聞こえて目を開けると、彼の腕の中にいた。

「優里香、大丈夫か？」

「……尊？」

一瞬なにが起こったのかわからず、すぐに尊の質問に答えられなかった。

突然誰かに押されて……車に轢かれそうになって……。

私……生きてる。尊が守ってくれた？　だから車に轢かれなかった？

わけがわからず呆然としていたら、真田さんが慌てて駆け寄ってきた。隣には二十代前半くらいのスーツ姿の茶髪の男性もいる。

「尊さまが急に走りだすからなにがあったのかと思いました。優里香さま、お怪我はありませんか？」

真田さんが屈んで私に確認すれば、彼の横にいる茶髪の男性も「優里香さん、大丈夫？」と心配そうに尋ねてくる。

尊の手を借りて起き上がると、服についた埃《ほこり》を払いながら答えた。

「大丈夫です。尊が守ってくれたから。あの……あなたは？」

真田さんと一緒にいる茶髪の男性に目をやる。

背は尊くらいで、顔立ちが尊に似ている。なんとなく見覚えがあるような……。

「僕のこと忘れちゃいました？　久遠彬です。優里香さん、お久しぶりですね」

ニコッと人懐っこい笑顔を見せる彼。それは尊の弟だった。

アメリカにいると聞いていたけれど、帰国してたのね。

「彬くん？　大きくなったわね」

「優里香さんはますます綺麗になりましたね。兄貴じゃなくて僕が結婚したいくらいです」

爽やかな顔でそんなセリフを言う弟の頭を、尊が少し怖い顔をしてパシッと叩いた。

「冗談でも口にするな。ところで優里香はなにをしに外に出た？」

尊が彬くんから私に視線を移してきてギクッとする。

この状況だもの。当然聞かれるわよね。

「ちょっと買いたいものがあって……」

地面に転がった紙袋を手に取りながら言葉を濁したら、尊に怒られた。

「そういうのは人に頼め。さっきみたいに危ない目に……！」

「尊さま、申し訳ありません。逃げられました」

護衛の人が息せき切ってやってきて報告すると、尊は小さく頷いた。

「そうか。フードをかぶっていて顔は見なかったが、体型からすると女性だった。ふらついてぶつかったんじゃなく、明らかに故意に優里香を押していた」

その話を聞いて背筋がゾクッとした。

まさか義理の妹の仕業？　もし尊が助けてくれなかったら、車に轢かれて死んでいたかもしれない。

尊はブルブル震える私を立たせて手を掴むと、真田さんに目をやった。

「真田、午後の予定を調整してくれ。優里香、今日はもう家に帰ろう」

「待って。私は大丈夫だから」

彼の仕事の邪魔はしたくない。

尊を見つめて言い張るが、彼は真剣な顔で私の言葉を否定する。

「こんなに震えて。全然大丈夫じゃない」

「本当に大丈夫よ」

尊に視線をぶつけて自分の主張を繰り返しても、彼は納得しなかった。

「優里香、強がるなよ」

じっと見合う私たち。互いに譲らない私と尊の間に彬くんが割って入る。

「じゃあさあ、僕が優里香さんについてるよ。兄貴が仕事終わって帰ってくるまで」

彬くんがそう申し出ると、尊は腕を組んでしばし考え込む。それから深くハーッと息を吐いて、彬くんに目を向けた。

「……そうだな。彬、頼む。だが、優里香には絶対に手を出すなよ」

尊が釘を刺すと、彬くんは宥めるように尊の背中をトントン叩いた。

「はいはい。わかってますよ。それでは義姉さん、行こう」

当然のように義姉さんと呼ばれ戸惑う。

「え？　まだ義姉さんじゃあ……!?」

「時間の問題」

尊と彬くんが声を揃えて言い切る。

さすが兄弟。息がピッタリだ。

感心していると、彬くんに優しく背中を押された。

「さあ、義姉さん行こう」

「あっ、はい」

私がそう返事をすると、尊が私の頭を掴み、自分の胸に引き寄せた。

「家で大人しくしてろよ」

その甘い声に心が落ち着く。

尊は名残りおしそうに私を離し、真田さんと共にオフィスへ――。

私も一度カフェに立ち寄って麗さんに早退することを伝えると、彬くんと一緒にタクシーでマンションに帰った。

「ごめんね。彬くん、なにも用事なかった？」

リビングに彬くんを案内し、ソファに座った彼にコーヒーを出す。

正直言って、彬くんが来てくれてよかった。尊と今ふたりきりになったら、気まずくてなにを話せばいいかわからなかっただろうから。

私を車道に押した人物も気になるけど、妊娠のことも頭にあって、尊の前で冷静ではいられない。

「大丈夫だよ。昨日帰国したばかりで、今日は兄貴に会う以外予定ないから」

「そう。迷惑かけちゃってごめんなさいね」

「迷惑なんかじゃない。兄貴から義姉さんの実家の事情は聞いてる。義弟なんだから頼ってよ。昔、兄貴の誕生日パーティーで会った時、こんな綺麗なお姉さんがいたらって思ってたんだ」

「彬くん……」

「覚えてる？ 僕が泣いてたら、ずっと僕の遊び相手をしてくれたよね？」

尊の七歳の誕生日パーティーには、十名ほど友達が招待されていた。彬くんは尊だけプレゼントをもらえるのが羨ましく思ったようで、部屋の隅っこで悔しそうに泣いていた。だから放っておけなくて、尊のプレゼントとして持ってきたチョコの包みを開けて、泣いている彬くんの口に入れたのだ。

驚いた彼に、『チョコ、美味しい？』って聞いたら、小さく頷いて笑ってくれた。

『美味しい』

その笑顔がかわいくて思わず抱きしめたっけ。

「そんなことあったわね。私も弟がいるから、放っておけなかったの」

なんだか懐かしい。

あの時、尊にはまた後日別のプレゼントを渡すと言ったんだけど、彼は封が開いたチョコでいいって、私の手からプレゼントを奪ってすぐにチョコを口にした。

「みんな女の子は兄貴にご執心だったのに、義姉さんは違ったから、嬉しかったんだ。まあ、兄貴もそんな義姉さんに一目置いてたみたいだけどね」

「それはないと思うわ。いつも嫌みを言われてたもの。『優里香はいつになったら俺に勝てるかな?』ってね」

それはそれはとても楽しそうに言うのだ。その言葉が悔しくて何度唇を噛んだことか。

「それは義姉さんに構ってほしかったんだよ。どうでもいい相手を兄貴が挑発するわけない。特別だったんだと思うよ。義姉さんと話す時だけ、兄貴の目がキラキラしてたからね」

彬くんの解釈を聞いて苦笑いした。

「単にいいおもちゃにされてただけよ」

「そんなことない。今日だって車に轢かれそうになった義姉さんを守ろうと兄貴が護衛よりも早く動いた。ほんの一瞬で義姉さんを見つけるんだからすごいよ。それだけ義姉さんを好きなんだろうね」

尊に似た目で告げられ、思わず頬が熱くなる。

「なんだか彬くんにまでいじられてるような気がするんだけど」

「真面目な話、義姉さんになにかあったら兄貴はどうなるかわからないから、ひとりで行動しないでね」

優しく注意され、彬くんに約束する。

「はい。これからは気をつけます」

「うん。兄貴も気が気じゃないと思うんだ。なんせ、僕に義姉さんの写真送ってきて惚気けるくらい、義姉さんを愛してるからね」

彬くんはクスッと笑って尊の暴露話をする。

「嘘……」

「本当。これ見てよ」

彬くんがスマホを出して尊とのやり取りを見せるが、その写真を見て絶句した。

見合いをした時の着物姿や、尊のおじいさまの米寿のお祝いの時のドレス姿の写真もある。

「尊……私に内緒でなにを送っているのよ。あ〜、恥ずかしい」

この場にいない尊に文句を言う私を見て、彬くんは穏やかな目で微笑んだ。

「綺麗だからいいじゃない。兄貴が自慢したくなる気持ちはよくわかるよ。ちょっと元気が出たみたいでよかった。会った時、顔色悪かったから」

私を元気づけるために尊の話題を持ち出したのね。こういう優しさ、尊と同じだわ。

「兄貴が帰るまで時間あるし、映画でも見て時間潰そうか」

彬くんの提案に賛成する。

「そうね。ホラー以外ならなんでもいいわ。なにかお勧めある？」

「ホラー苦手なんだね」

「すごく叫んで醜態晒すから。この前見た時、ずっと尊にしがみついて叫んでたの」

あんなに叫んだのは初めてだったかもしれない。

「兄貴としては嬉しかっただろうな」

彬くんが楽しげに呟くので聞き返した。

「え？　なに？」

「なんでもない。じゃあ、ファンタジーとかどう？　兄貴は見なそうだから」

「確かに尊はチョイスしないかも。ファンタジーいいわね」

彬くんとソファで映画を観る。

義妹のことはあまり考えなかったけど、妊娠のことがずっと頭にあって、映画になかなか集中できなかった。

夜九時過ぎに尊が帰ってきて、彬くんと玄関で出迎える。

「もっと遅くてもよかったのに。僕が義姉さんを口説かないか心配で、早く仕事を終わらせてきた？」

彬くんが尊をいじると、尊は面白くなさそうな顔をして認めた。

「まあな。お前、昔から優里香のこと気に入ってたから」

「さすがに略奪はしないよ。義姉さんが好きなのは兄貴だからね」

彬くんがチラリと私に目を向け、ニヤリとする。彼が不意にとんでもないことを言うものだから、恥ずかしくて顔が熱くなった。

「じゃあ、邪魔者は消えるんで、ごゆっくり」

私が文句を言う前に、彬くんは尊の肩をポンと叩いて家を後にする。

尊は家に上がると、突然私を強く抱きしめてきた。

「今日は本当に心臓止まるかと思った」

「心配かけちゃって……ごめんなさい」

妊娠検査薬を買いに出かけたら大事になってしまった。

「時々、優里香をずっと閉じ込めておきたくなる。いや、優里香を小さくして俺のポケットに入れておきたい」

尊がそんな非現実的なことを言うなんて思わなかった。それだけ今日のことは彼にショックを与えたのかもしれない。

「……ごめん」

尊の背中に腕を回し、もう一度謝る。

「尊のお陰で私は生きてるわ。助けてくれてありがとう」

「あの場にいてよかった。次勝手な行動したら、全身くすぐるからな」

「それは困るわ」

尊の言葉に思わず笑って返すと、彼は抱擁を解いて私の額を指でツンと突いた。

「だったら勝手な行動はしないことだ。シャワー浴びてくる」

ニコッと私に笑顔を見せ、彼はコートを脱いで寝室に向かう。

私はキッチンに行き、棚に隠していた妊娠検査薬を取り出して、説明書を見た。

尊がバスルームに入っていく音が聞こえると、検査薬を持ってトイレへ——。

調べるなら今だ。

説明書通りに検査をしてハラハラしながら一分待つ。

――結果は、陽性。

尊の子を妊娠している？

しばらく頭が真っ白でなにも考えられなかった。


「ねえ尊、私……」

次の日の朝、尊と朝食の片付けをしている時に妊娠のことを伝えようとしたら、玄関のインターホンが鳴った。

「誰だろ？」

尊が首を傾げながら玄関に向かうので、私もついていく。

玄関のインターホンが鳴ったということは、ここの鍵を持っている真田さんだろうか？

尊が玄関のドアを開けると、彼のお母さまが立っていた。

「突然どうしたの？」

少し驚いた様子で尋ねる尊に、お母さまは明るく微笑んだ。

「彬が昨日ここにお邪魔して優里香ちゃんといろいろ話をしたって聞いてね、休日だから私も優里香ちゃんと一緒に過ごしたいと思ったのよ」

「母さん、ちゃんとアポ取ってくれる？」

お母さまの言葉を聞いて、尊はやれやれといった様子で額に手を当てた。

「それじゃあ、いつ許可が取れるかわからないじゃない。今日、優里香ちゃん借りるわね」

お母さまはニコニコ笑顔で押し切ろうとするが、尊は難色を示す。

「急に言われてもな」

「ちゃんと彬という護衛を連れていくわ。車の運転も彬にさせる。だからいいでしょう？」

「……俺もついていきたいが、午後ちょっと予定があるんだよな。でも、彬がいるならいいか」

尊は悩ましげに呟いて、横にいる私に目をやる。

「優里香、母さんに付き合ってもらっていいか？」

「もちろん」

私が笑顔で返事をすると、お母さまは破顔した。

「娘と買い物に行くのが夢だったの」

お母さまの勢いに気圧《けお》されながら出かける準備をしてマンションを出ると、道路脇に真っ赤なクーペが停まっていた。運転席には彬くんがいて、私を見てにっこりする。

「おはよう、義姉さん。兄貴もついてくるかと思った」

「尊は用事があるみたいで。この車、彬くんの？」

イタリアの有名メーカーの車だけあってフォルムが綺麗。馬力もすごそう。

「いや、母さんの」

彬くんの返答を聞き、驚きの声をあげた。

「え？　お母さまのなんですか？」

「車好きなの。でも、運転が荒いから家族に心配されちゃって。今日は優里香ちゃんも乗せるから彬に運転してもらうことにしたのよ」

「そうなんですね」

おっとりしていてとても上品な雰囲気なのに意外だ。

お母さまと後部座席に並んで座ると、彬くんが車を発進させた。

青山《あおやま》や表参道《おもてさんどう》のブティックに連れていかれ、着せ替え人形のように次々と服を着せられる。お母さまと彬くんが「これいいわね」「義姉さんにすごく似合ってる」と感想を言い合い、服を購入していくのだけれど、そのペースについていけない。

「あの……私のものはいいので……」

遠慮がちに断るが、お母さまに押し切られた。

「娘に服を買ってあげるのが夢だったのよ」

「母さんの好きなようにさせてやって。義姉さん綺麗だから、僕の目の保養にもなるしね」

彬くんにもそう言われ、苦笑いする。

それから尊に再会したあのホテルのブライダルサロンに連れていかれた。

「あの……これは？」

困惑する私に、お母さまはとびきりの笑顔を見せる。

「ウエディングドレスを試着してもらおうと思って。結婚式がトラウマになってるのはよくわかるわ。でもね、やっぱり優里香ちゃんには幸せな花嫁になってほしいの。尊でリベンジよ」

「兄貴は絶対に逃げないよ」

彬くんもお母さまの言葉にコクコク頷く。

まだウエディングドレスを見ると胸がチクッとするが、いつまでも逃げてはいられない。

妊娠のことにしてもそうだ。帰ったら尊にしっかり伝えよう。

再会してから彼は私を見守り、同居してからはずっと寄り添ってくれた。

一番大切な存在――。

尊はきっと私のすべてを受け入れてくれる。

「はい」と返事をすると、スタッフがウエディングドレスが並んでいる部屋に案内してくれた。

紗良さんがいるかと思って少し身構えてしまったが彼女の姿はなく、スタッフにそれとなく聞いたら、実家の会社を手伝うために数日前に退職したという話だった。

見合いの時にも着付けをしてくれたスタッフが彼女からのメモを預かっていて、「田村からです」と渡された。

ホテルのロゴが入った便箋に、【パーティーの時はごめんなさい。プリンセスラインの素敵なドレスが入ったので、ぜひ試してみてください】と書かれていた。

多分彼女は、私がまたここに来ると予想していたのだろう。

彼女は尊のことが好きだったみたいだから、パーティーでの私と尊を見てショックだったに違いない。

でも、こうしてメモを残してくれていたなんて、彼女はとても素敵な人だ。

「ご希望のタイプはございますか？」

スタッフに聞かれ、「田村さんおすすめのプリンセスラインのドレスをお願いします」と笑顔で告げた。

持ってきてくれたのは、柔らかなシルク素材のオフショルダーのドレス。刺繍や飾りもないシンプルなデザインだけど、とてもクラシカルで上品だ。

試着をすると、サイズもピッタリで、シルエットもとても綺麗だった。

不思議……。もうウエディングドレスなんて着たくないって思っていたのに、今は尊に見せたくてたまらない。

「まあ、とっても似合ってるわ。本物のプリンセスみたい」

試着室を出ると、お母さまが興奮気味に言う。

「ホント綺麗だよ。これは兄貴、もう一度義姉さんに恋するね」

彬くんも私を褒め、持っていたスマホで写真を撮る。

他にも十着くらい試着をしたところで、お母さまに声をかけられた。

「お茶でも飲みに行きましょうか。アフタヌーンティーをするのも素敵ね」

「そうですね」

彼女の提案に笑顔で頷き、二階にあるティールームに向かう。

休日だからか満席のようで、少し列ができていた。

「あら、混んでるわね。部屋でルームサービスでも取る？」

お母さまが店内を見てそう言うが、彬くんの「少し待てば案内してくれると思うよ」という言葉で、しばらく入り口前で待つことにする。

ふたりと話をしながら店内を見ていたら、奥の席に義理の妹が座っているのを見つけ、凍りついた。

……真奈！

彼女の向かい側の席には尊がいた。

どうしてこのふたりが？

絶対に見たくなかった光景。信じられなくて、身体がガタガタと震えだす。

真奈が尊の手を撫でるのを見て、ゾッとした。

そんな私の視線に気づいたのか、彼女はチラッと私に目を向け、悪魔のようにうっすら口角を上げた。

また真奈は尊にあることないこと吹き込んでいるの？

義妹は男を手玉に取るのがうまい。そのかわいい容姿で言葉巧みにそそのかし、自分の思い通りに動かすのだ。前の婚約者がそうだったし、親しくしていた大学の友人も真奈に味方して、私の言うことなど聞いてくれなくなった。

尊も私ではなく義妹の言うことを信じてしまうのでは……？　だとしたら、私は捨てられる？　もう誰も私を信じてくれない？

悪夢ならまだよかったのに……これは現実。

怖かった。胸がズキンと痛くなってとても苦しかった。

胸を強く押さえていたら、お母さまがそんな私に気づいて表情を変える。

「優里香ちゃん、どうしたの？　具合が悪いの？」

「義姉さん、そんな震えて寒い？」

彬くんも心配そうに私に目を向けるが、大丈夫だと答える余裕はなかった。

尊が真奈と一緒にいる。その事実が私を苦しめる。

義妹にされた過去の嫌な出来事が一気に頭に押し寄せてきて気分が悪くなった私は、トイレを探してこの場から離れた。

「優里香ちゃん！」

「義姉さん！」

お母さまと彬くんの声がしたが立ち止まらず、そのまま突っ走った。

もう終わりだ。尊も真奈の言うことしか聞かなくなる。今日にもマンションを出ていけと言われるかもしれない。

また私は大切な人を失うの？　そんなのもう……耐えられない——。

見つけたトイレに駆け込もうとしたその時、尊の声が聞こえた。

「優里香！」

思わず振り返れば、彼が私を追ってきてますます頭が混乱した。

義妹になにを吹き込まれたのか聞くのが怖い。今はなにも話したくない。

心の闇に支配された私は、冷静さをなくしていた。

トイレには入らずに、そのまま通路を走って逃げるけれど、すぐに尊に追いつかれて手を掴まれた。

「優里香、待て！」

「嫌！　お願い、ひとりにして！」

気が動転していた私は、彼の手を思い切り振り払った。

その拍子に目の前の階段から足を踏み外して……。

「あっ！」と声をあげた時にはもう体勢を立て直せず、身体が宙に浮いた。

——落ちる！

「危ない！」

階段から転げ落ちることを覚悟して反射的に目を瞑ったその時、尊の声がして身体を掴まれた。同時にゴンゴンゴンと強い衝撃を受けながら落ちて、踊り場の壁にぶつかる。

身体がビリビリ痺れていたが、何度か瞬きをして目を開けた。

昨日と同じように尊にしっかりと抱かれていて、どこも怪我はしていないようだ。

しかし、尊の額からは血が出ていて、彼は微動だにせず、目を閉じていた。

「……尊？　う……そ。返事をして、尊？」

名前を呼んでも彼は反応しない。

最悪の事態が頭をよぎり、声を限りに叫んだ。

「尊～！」

予兆 ― 尊side

「優里香、体調が悪くなったら麗さんに言えよ」

いつものように優里香をカフェまで送ると、周囲に目を向けた。

今のところ怪しい人間はいない。

だが、真田が防犯カメラをチェックしたところでは、数日おきに若い女が来て、店の外から五分ほどカウンターの方を見て去っていく映像があったらしい。キャップをかぶっていて顔は見えなかったそうだが、優里香の義妹だと俺は思っている。

義妹の動向も気になるが、今は優里香の体調も心配だった。結婚指輪を買った日あたりから彼女の食欲が落ちている。

もともと彼女は食が細いし、家族にひどい目に遭わされて精神的ストレスで食べられないことがたびたびあったけど、最近の食欲不振はなんだか違う。

ご飯の匂いを嗅いだだけで気分を悪くしている。

優里香はなるべく俺に心配をかけないようにしているが、一緒に住んでいるのだから体調の変化はすぐわかる。

麗さんにもそれとなく優里香の様子を聞いたら、少し驚く回答があった。

『最近コーヒーの匂い嗅ぐと顔をしかめるのよね。好きだったクワロッサンも食べないし……悪阻《つわり》じゃないの？』

身に覚えはあるというか、あえて避妊しなかったから妊娠していてもおかしくない。

俺としては嬉しいが、優里香は戸惑うだろう。

ピルを飲んでいるからちゃんと避妊できてると思っているようだし。

もう少し様子を見ようとも思ったが、まだ本人は妊娠の可能性に気づいていないようだから、今日家に帰ったら話をしよう。

俺の言葉に優里香は小さく笑って返事をする。

「わかったわ」

「無理はするな」

彼女の頭を撫でると、真田を連れてオフィスに向かった。

執務デスクに座ってパソコンを起ち上げていたら、スマホに弟の彬からメッセージが届いた。

【昨日、帰国したんだ。今日都合がつけばランチでもどう？】

弟には近々優里香と結婚することを知らせていたから、急遽戻ってきたのだろう。

彬も優里香のことを慕っていて、その話を聞いて喜んでいた。

「真田、彬が帰国したから今日一緒にランチをしたいんだが、予定はどうなっている？」

「空いてますよ」

真田に確認すると、彼はスケジュール帳もスマホも見ずに答える。

一週間ほどの予定ならこいつはすべて頭に入っている。

「じゃあ、どこか店を予約しておいてくれ。お前もなにもなければ、一緒に行こう。彬も会いたいと思うし」

真田の家は祖父の代から久遠家に仕えていて、彼とは子供の頃から付き合いがある。当然彬のこともよく知っていて、実の弟のようにかわいがっていた。

「はい。優里香さまはどうしますか？」

優里香のことを聞かれ、今朝の朝食の時のことが頭に浮かんだ。

ランチを一緒にしても楽しめないかもしれないな。

「今……食欲がないみたいだからいい。優里香には後で会わせる」

ランチの後、カフェに寄ってもいいかもしれない。優里香の様子を見ておきたいしな。

もしお腹に子供がいたら……。

そう考えるだけで胸が躍るし、優里香の体調がますます気になる。

優里香が俺のプロポーズを受けてからも、彼女が俺の前からいなくなるんじゃないかと常に不安があった。

多分、再会したあの夜、一度優里香が俺の前から消えようとしたからだ。

抱いてと言われて拒んだ時、彼女はとても悲しそうな顔で『帰るわ。……迷惑かけてごめんなさい』と言って立ち去ろうとした。

その時、彼女を失うのが怖くなった。

だからだろうか。彼女の子供が欲しいと強く願った。

子供ができれば俺とずっといてくれる。彼女が誰よりも大事だから失いたくない。

「わかりました」

真田は小さく頷いて、俺の執務室を出ていく。

午前中は通常通り仕事をして、お昼になると真田とオフィスを出た。

徒歩五分くらいの場所にあるイタリアンの店で彬と会い、一緒に食事をする。

「優里香さんは一緒じゃないんだ？」

少し残念そうに言う彬に、淡々と返した。

「優里香も忙しいんだよ。麗さんの店で働いてるから」

食欲がないとは言わず、適当な言い訳を口にする。変に心配させたくなかった。

「優里香さんがいるカフェなら毎日通っちゃうな」

弟の言葉を聞いて顔をしかめた。

「そういう客が多くて困る」

ムスッとしてそう返せば、真田が余計なことを言う。

「尊さまも毎日通っていますよ」

「それは優里香が心配だからだ」

俺が弁解すると、彬が楽しげに笑った。

「兄貴がそんな心配性だったなんてね。人間って変わるものだね。でも、小さい頃から兄貴は優里香さんのこと自分と対等に見てたよね」

「誰よりも努力して、俺に勝とうと躍起《やっき》になってたからな」

小さい頃から同じ時を一緒に過ごしてきたのだ。彼女の頑張りはよく知っている。

「他の奴は下位の人間扱いしてたのにさ。だから、兄貴が女性に本気になるとしたら、相手は優里香さんじゃないかって気はしてた」

彬の話に、真田がパスタを食べていた手を止めて同意する。

「確かに。おふたりが並んでいると自然な感じがしました。尊さまも年相応になるというか、優里香さまをからかって楽しんでましたよね」

「ああ。クールビューティーってイメージの優里香が、俺の前だと感情をむき出しにしてくるのが面白くてな」

今思い出しても胸が温かくなる。

優里香をからかっている時が一番楽しくて、とても穏やかな時間が流れていた。

「兄貴にとって運命の人なんだよ。大切にしなよ。不幸にしたら僕がもらう。昔から優里香さんのファンだったんだよね」

こいつは小さい時に優里香にかわいがってもらったから、彼女に憧れているのだ。

「やらないよ。誰にも」

不敵にニヤリと笑えば、彬が苦笑した。

「はいはい。そんな悪魔みたいな顔で弟のこと牽制《けんせい》しないでよ。結婚式はどうするの？」

「優里香には内緒で進めようと思ってる。本人はあまり乗り気じゃないし、不安にさせたくない」

過去の嫌な出来事を、幸せな結婚式で上書きしてやりたい。

「式の直前に花婿に逃げられれば、怖くもなるよね。僕だって花嫁がいなくなったら相当落ち込む。僕にできることがあればなんでも言って。もちろんふたりの新居の設計は僕がやるよ」

彬にも優里香の事情は伝えてある。彼女の家庭の事情を知った弟は、普段温厚なのに『優里香さんの両親や義妹をぶん殴ってやりたい』と怒りを露わにしていた。

「ああ。頼む」

「もう式場は手配してますし、社長や会長の予定も押さえています」

真田の報告に小さく頷いた。彼には内輪だけの式にするよう指示を出している。

「家族とごく親しい友人しか呼ばない。もちろん優里香の父親や義母、義妹には声をかけない」

ランチを終え、弟を優里香に会わせようと店を出る。

三人で話をしながら歩いていると、交差点で信号待ちをしている優里香を見つけた。

声をかけようとしたら、彼女の背後にいたフードをかぶった女が、優里香の背中を思い切り押したのが見えた。

「キャッ！」

優里香が声をあげると同時に俺の身体が動いた。視界には彼女に迫る車が見える。

間に合ってくれ！

「優里香！」

走って彼女の身体に飛びかかった。しっかりと優里香を抱いたまま地面に転がる。

足や腰を打ったが、痛みは感じなかった。

ただ車を避けることしか頭にはなくて、どのくらい衝撃を受けるかはまったく考えなかった。自分の身体よりも優里香を守ることの方が大事だったのだ。

「優里香、大丈夫か？」

腕の中にいる彼女に声をかけ、怪我がないか確認した。

彼女は最初、「……尊？」と俺の名を口にしてどこかボーッとした表情をしていたが、俺を見て呟くように返す。

「……大丈夫」

突然のことでまだ状況を理解できていないようだが、見たところ怪我をした様子はない。間に合って本当によかった。

そのことに安堵して彼女をギュッと抱きしめる。

フードをかぶった女は、故意に優里香の背中を押した。殺意がなければあんなことはしないだろう。

過去の出来事から考えると、犯人は優里香の義理の妹かもしれない。顔は見えなかったが、背格好が似ている。

俺が駆けつけなければ、優里香は多分死んでいた――。

その後、ずっと彼女についていようかと思ったが、スケジュールも詰まっていたから渋々彬に任せた。もし俺が仕事をキャンセルしたら、優里香が気にして自分をひどく責めただろう。だから、弟がいてよかったかもしれない。

オフィスに戻ると、真田に交差点の周辺にある防犯カメラの映像を調べさせた。

その間、通常通り仕事をしていたが、夕方会議から戻ると、真田が怒りを抑えた目で俺に告げた。

「優里香さまを危険な目に遭わせた犯人がわかりました」

「予想通りの人物か？」

俺が問うと彼は「ええ」と答えて、防犯カメラの映像を俺に見せた。

それは交差点近くの道路に設置されていたもので、横断歩道の手前で信号待ちをする優里香の背後にあのフードをかぶった女がピタッとつく。

そのアングルからはほんの一瞬ではあったが女の顔が見えた。静止させた画像で確認すると、正体はやはり優里香の義妹だった。

義妹が周囲を確認してから優里香の背中を押し、そこへ俺が助けに入って……。

「……優里香を殺したいほど憎いか？　完全にイカれている」

ギュッと拳を握り、映像の中の義妹を憎らしげに見据えた。

「優里香さまが尊さまと結婚するのが許せなかったのでしょう」

真田の言葉を聞いて、余計に怒りが込み上げてくる。

「醜い女だ」

吐き捨てるように呟いたその時、デスクの上の電話が鳴った。俺の代わりに真田が電話を取り、「わかりました」と応答して、俺に受話器を差し出す。

「受付からですよ。尊さま宛てにミズサワビールの社長令嬢からだそうです」

「ミズサワビールの社長令嬢か」

フンと嘲るように言って、真田から受話器を受け取る。

ミズサワビールの社長令嬢はふたりいる。優里香と彼女の義妹。

俺のプライベートの電話番号を知っている優里香が、会社に電話をかけるはずはない。十中八九、義妹だろう。いったいなんの用でかけてきたのか。

胸の中がどす黒い感情で支配される。こんなに人が憎いと思ったのは初めてだ。

「お電話代わりました。久遠です」

あえて敵意は向けず、普段通りビジネスライクに応対する。

《優里香の妹の真奈です。突然お電話してすみません。姉のことで、久遠さんにお話ししたいことがありまして。直接会ってお話ししたいんですが、お時間いただけないでしょうか?》

優里香の義妹の猫なで声を聞いて嫌悪感を抱いたが、穏やかに返した。

「いいですよ。明日なら時間が取れます。時間と場所は私の秘書から連絡させます」

手短に言って電話を切ると、真田に命じる。

「後で適当な場所を連絡しておいてくれ。時間は午後がいい」

「わかりました。それでどうされます?」

俺の指示を仰ぐ彼に、冷酷に告げた。

「俺は心が狭い。大事な優里香を傷つけたんだ。その報いは受けてもらうさ、きっちりとね」

今までの所業を後悔するだろう。だが、女だからといって情けはかけない。

「警察に報告しますか?」

「まずは警察に知らせる前に甘い餌《えさ》を与えて、破滅させてやるよ」

「甘い餌？」

聞き返す真田に、うっすら口角を上げて言った。

「ちょうどサイード王子が来日してるだろう？　彼を優里香の義妹に紹介する」

サイード王子はアラブ首長国連邦の王族のひとり。大学時代からの俺の親友で、ビジネスの相手。彼はリッチでハンサムな実業家としても知られており、慈善事業にも力を入れていて国内でも人気がある。

俺の話でピンときたのか、真田はほくそ笑んだ。

「ああ。サイード王子に協力してもらい、水沢家の人々を罠《わな》にはめるのですね？」

「そういうことだ。お前がいろいろ水沢家のことを調べてくれたお陰で、彼らを表舞台から追放できるよ」

真田と目を合わせ、フッと微笑した。


その日、家に帰宅し、弟が俺とバトンタッチするような形で帰ると、玄関で俺を出迎えた優里香をたまらず抱きしめた。

彼女の温もりを感じてホッとする。

「今日は本当に心臓止まるかと思った」

「心配かけちゃって……ごめんなさい」

反省した様子で謝る彼女に本音を言った。

「時々、優里香をずっと閉じ込めておきたくなる。いや、優里香を小さくして俺のポケットに入れておきたい」

他人が聞いたら執着がすぎると思うだろう。だが、運が悪ければ彼女は死んでいたかもしれないのだ。そう考えたら言わずにはいられなかった。

俺の気持ちが伝わったのか、彼女は俺の背中に腕を回して謝った。

「……ごめん」

彼女の声が聞ける。彼女をこの腕で抱きしめられる。

それだけのことがどんなに幸せか痛感する。

「尊のお陰で私は生きてるわ。助けてくれてありがとう」

優里香は俺が欲しい言葉を口にした。

「あの場にいてよかった。次勝手な行動したら、全身くすぐるからな」

そう茶化すように言ってこの話を終わらせる。

どうしてお昼にカフェを出たのか聞きたいところだが、今日はゆっくり休ませてやろう。すごく疲れた顔をしている。

妊娠の件も明日にした方がいいな。

その夜、いつもより早めに優里香を寝かせると、サイードに連絡を取り、彼女を背後からそっと抱きしめて眠りにつく。

彼女を抱いて寝るのはもう日課になっていて、ひとりで出張になったら多分寂しくて眠れないだろう。

ついつい彼女のお腹を撫でてしまうが、それは赤ちゃんがもう宿っているような気がしたから。できたらいいと思いながらずっと彼女を抱いてきた。

きっとここに俺と優里香の子がいるはず。

優里香もお腹の子も、命に代えても俺が守る――。


次の朝起きると、母がやってきて慌ただしかった。

優里香を連れ出すのを許可するか悩んだが、彬も一緒のようだし、俺も午後は予定があるから母に優里香を託した。

母は底抜けに明るい人なので、優里香も楽しめるかもしれない。

午後になると優里香と見合いをした久遠系列のホテルの二階にあるティールームに行き、サイードを待つ。彼に会うのは、一年ぶりだ。

午後二時半過ぎに真田の案内で、三つ揃いのグレーのスーツを着たサイードが現れた。その背後にはサイードの護衛が数人いる。

「やあ尊、待たせたかな？」

黒髪の短髪で褐色の肌をしたサイードは白い歯を見せ、俺に向かってにっこり笑う。

イギリス人である母親譲りの青い瞳をした彼は、端正な顔立ちをしていて女性にモテる。

「いや、俺もついさっき来たところだ」

椅子から立ち上がって握手を交わすが、彼が少し残念そうな顔をする。

「尊のフィアンセは一緒じゃないんだな」

「連れてきたら口説くだろう？　まあそのうち会わせるから、今は俺が送った写真で我慢しておけ」

小さく笑ってサイードにそう返すと、お互い向かい合って席に着いた。

「尊さま、私は近くで控えていますので」

俺に近づいて声をかける真田を見て、「ああ」と頷く。彼が少し離れた席に腰を下すのを確認してから、サイードに視線を戻した。

「忙しいのに急に呼び出して悪かったな」

「尊のためならいつだって時間を作るさ。それで、私に女を紹介するって話だったが、その女性にはいつ会わせてくれるんだ？」

昨夜サイードに女を紹介するからと、このティールームで待ち合わせをしたのだ。

「もう少ししたら来るさ。優里香の義理の妹だ。お前には協力を頼みたい」

サイードに優里香が嫌がらせを受けていたことや、義妹に命を狙われていることなどを話し、俺の計画を説明すると、彼は快く引き受けてくれた。

「他ならぬ親友の頼みだ。喜んで協力するよ」

「優里香の義妹も、その家族もひどい連中だから、遠慮はいらない。よろしく頼む」

フッと微笑して言えば、彼はキラリと目を光らせる。

「了解だ。お前の愛しの婚約者のためにひと肌脱ごう」

それからしばらく雑談をしていると、優里香の義妹が現れた。

「あの……久遠さん、すみません。昨日お電話した水沢真奈です」

俺がサイードと話していたせいか、彼女は遠慮がちに挨拶する。

「ああ。時間通りだね。君に僕の友人を紹介しよう。彼はアラブ首長国連邦のサイード王子だ」

「はじめまして、美しいお嬢さん」

サイードは優里香の義妹の手を取り、王子らしい仕草で恭しく口づける。

「あっ……は、はじめまして」

王子オーラにやられたのか、義妹は初々《ういうい》しい様子で頬を赤らめる。

「よかったら私の隣に座ってください。真奈さんのような美しい人をそばでずっと見ていたい」

サイードは半ば強引に義妹を自分の横に座らせるが、こんなにハンサムなアラブの王族に言われたら嬉しいに違いない。実際、義妹はうっとりとした目でサイードを見ている。

さすがはサイード。〝アラビアのカサノヴァ〟という異名は伊達《だて》じゃない。

「それで、優里香のことでお話とは？」

「あの……とても言いにくいんですが、義姉は久遠さんの前では猫をかぶっているかもしれませんが、悪魔のように男を手玉に取る人です。義姉と結婚すれば、久遠家の名前にも傷がつきます。いま一度、結婚を考え直してくださいませんか？」

「ご忠告感謝するよ。僕はすべてわかっているから安心するといい」

男を手玉に取るのはお前だろう？

心の中で毒づきながら笑顔で返すと、彼女は俺の手を撫でるように握って礼を言う。

「ありがとうございます。久遠さんにわかってもらえて安心しました」

優里香を陥れようとする女。お前が優里香にしてきたことを俺は絶対に許さない。

「アフタヌーンティーを頼んでいるんだ。ここのは評判がいいから楽しめると思うよ」

ふたりに向かって穏やかに微笑んだら、義妹が入り口の方を見てうっすら口角を上げた。

いったいなにを見て笑ったのか？

そう疑問に思った時、母と彬の声が入り口の方から聞こえた。

「優里香ちゃん！」

「義姉さん！」

え？　優里香たちもこのホテルに来てたのか？

弟や母の声を聞いて、なぜ義妹が笑ったのかピンときた。

恐らく義妹が俺と一緒にいるのを見て、優里香がなにか勘違いをしたのだろう。義妹はそれに気づいたのではないだろうか。

「すみません。ちょっと火急の用ができたので失礼します」

慌てて席を立ってティールームを出ると、優里香がトイレの方へ走っていくのが見えた。母と彬がいたが、詳しい事情を聞く余裕はない。

とにかく優里香を捕まえる。それしか頭になかった。

「優里香！」

叫びながら後を追うが、優里香は俺の方を一瞬振り返っただけでそのまま走り続ける。

「優里香、待て！」

必死に走って優里香に追いつくと、彼女の手を掴んだ。

だが、彼女はかなり気が動転した様子で、俺の手を力いっぱい振り払う。

「嫌！　お願い、ひとりにして！」

勢い余った優里香は「あっ！」と叫び、目の前の階段を踏み外した。

「危ない！」

優里香の身体をかき抱くようにした瞬間、階段を転げ落ちる。

ドンドンドンと連続して身体中に衝撃を受けたが、優里香を離すつもりはなかった。

必ず守る。なにがあっても絶対に――。

優里香の身体をギュッと抱きしめると同時にゴン！と頭に強い衝撃を受け、そこで意識がプツッと途切れた。

彼の約束

「……ん？」

目を開けると、知らない部屋で寝ていた。

十畳ほどの真っ白な部屋。ベッドも白く、カーテンはアイボリー色。

「あっ、目覚めた？　義姉さん、大丈夫？」

視界に彬くんが映り、心配そうな顔をしている。

この状況は……なに？

ぼんやりとそう考えて思い出す。

ティールームで尊と義妹が一緒にいるのを見て、その場から逃げ出したら尊が追ってきて……一緒に階段から落ちた。

「……なんだかちょっと身体が痛いかも。ここはどこ？」

ベッドからゆっくりと起き上がる私に、彬くんが手を貸す。

「病院。二十時間ずっと寝てたよ」

「……そんなに？　どうして私……ベッドに？」

ベッドサイドのテーブルの上にあったデジタル時計に目を向ければ、午前十一時十一分と表示されている。

「気を失って倒れたんだ。兄貴と一緒に階段から落ちたショックもあったんだと思う。救急車でこの病院に運ばれたの覚えてる？　お医者さまの問診には気が動転しながらも答えてたけど、その後義姉さん急に倒れちゃって」

「……救急で先生に診てもらったのは……なんとなく」

頭は打ってないかとか、身体は動かせるか……とかお医者さまに聞かれたような気がする。

記憶を辿るようにポツリポツリと答える私を見て、彬くんが少し安堵した表情になった。

「記憶の方も大丈夫そうだね。それに、骨折とかしてなくてよかったよ。兄貴が必死に義姉さんを守ったからだね、きっと」

そうだ。尊が私をかばって……でも、尊は全然動かなくて……。

その時のことを思い出して、顔からサーッと血の気が引いていく。

「た、尊は？」

嫌な予感がして声が震えた。私の質問を聞いて、彬くんはその瞳を翳《かげ》らせる。

「隣の病室にいるんだけど、まだ目を覚まさないんだ。頭を強く打ったみたいで」

目を覚まさない……？

彼の言葉を聞いてベッドを抜け出し、裸足のまま病室を飛び出した。

「ちょっ……義姉さん、急に動いちゃダメだよ」

彬くんが追ってきたが足を止めず、尊の病室を探す。

左右の病室を確認すると、左側の病室に【久遠尊】と書かれたプレートがあった。

ノックもせずにドアを開ければ、奥にあるベッドに尊がいて、その傍らに彼のお母さまが座っていた。

「尊！」

ベッドに駆け寄り、彼の顔を確認するが、目は閉じたまま。

怖かった。ずっと目を覚まさないんじゃないかって……。

「優里香ちゃん、目を覚ましたのね。身体は大丈夫？」

尊のお母さまが優しく微笑むのを見て、涙が溢れた。

自分の息子が目を覚まさないのに私の心配をしてくれるなんて……。

「……ごめんなさい。ごめんなさい」

崩折れるようにしてお母さまの足元にしゃがみ込み、嗚咽《おえつ》を漏らしながら謝る。

私のせいだ。私が逃げ出したからこんなことになってしまった。

「義姉さん……」

私を追ってきた彬くんが、私の背中に手を置く。

もし尊がこのまま目を覚まさなかったら、私は久遠家の人たちになんてお詫《わ》びをすればいいの？

「……ごめんなさい。私のせいです」

泣きじゃくる私の頬に、お母さまが温かい手で触れてきてハッとした。

「優里香ちゃんのせいじゃないわ。それに、尊は必ず目を覚ますわよ。そんなやわな子に生んでないし、それになにより大事な優里香ちゃんをひとりにできないでしょう？」

「お母さま……」

「優里香ちゃんを守った尊を褒めてやりたいわ。大丈夫。そのうち『腹減った』とか言って起きるわよ」

にっこり微笑むお母さまの言葉に、彬くんは大きく頷く。

「そうそう。兄貴は殺しても死なない。だから、義姉さんはベッドで休もう」

なぜ久遠家の人たちはこんなにも優しいのだろう。私をもっと責めていいのに。

「ううん。もう充分休んだもの。尊のそばにいさせて。お母さまや彬くんこそ休んでください。昨日の夜、寝てないですよね？」

ふたりの顔を見ると隈《くま》ができていた。きっと心配で一睡もできなかったに違いない。

「でも……」と戸惑いを見せるお母さまに、床に頭をつけてお願いした。

「お母さま、お願いします！　尊さんのそばについていたいんです」

尊はいつだって身を呈して私を守ってくれた。

「優里香ちゃん……。顔を上げて。そうね、優里香ちゃんがついていてくれた方が尊は早く目覚めるかもね。でも、その前にお医者さまに身体を診てもらいましょう」

お母さまは私ににっこり微笑むと、担当の医師を呼んだ。

お母さまが席を外した時に、お医者さまに妊娠の可能性を伝えると、「お腹の痛みや出血がなければ問題ないでしょうが、あとで産婦人科を受診するように」と言われた。とりあえず、異常がないことに安堵する。

診察を受けて退院の許可が下りた私に、お母さまは尊を任せてくれた。

「優里香ちゃん、尊をお願いね。きっとそのうち何事もなかったかのように起きるわ」

気丈に振る舞って私を元気づけるお母さまを見て、私もしっかりしなければと思った。

「はい。ありがとうございます」

尊が目覚めるまでずっとそばにいる。

お母さまと彬くんが一度家に帰ると言って病室を後にすると、お母さまが座っていた椅子に腰を下ろし、尊の手を握った。

彼の手の温もりを感じて少しホッとする。

こんな風に眠っている尊を見るのは初めてだった。

彼はあまり睡眠を取らなくても平気なようで、私より先に眠ることがない。

「お願い、尊。目を覚まして」

尊を見つめて言うが、彼は目を開けない。

手も瞼《まぶた》も動いていない。私の声が彼には届いていないのだろうか。

お願いです、神さま。私からもうこれ以上大事なものを奪わないでください。

尊がいなくなったら、私は気が触れてしまうに違いない。

それほど彼を愛している。なのに、彼をこんな目に遭わせてしまった。

すべて私の心の弱さが原因だ。

義妹に会ったら、尊も私のことを嫌いになるんじゃないかって、反射的に思った。

冷静に考えれば、彼がそう簡単に義妹の言うことを信じるはずないのにね。

きっとなにか理由があって、尊は真奈と会ったはず。

私……馬鹿だわ。

「尊……ごめんなさい」

どうすれば目を開けてくれるの？

どうすればまた、『優里香』と名前を呼んでくれる？

心の中で問いかけるが、答えなんて返ってくるわけがなく、ただひたすら自分を責め続けた。

お昼過ぎにお医者さまが様子を見に来たが、変化はない。

「きっと目を覚まします。水沢さんも少し休んで、食事をとってください」

そう言葉をかけられたが、ずっと尊のそばにいた。

食欲なんてない。尊が目を覚まさないのに休んでなんかいられない。

それから六時間ほどして、彬くんと真田さんが現れた。

「兄貴まだ目覚めない？」

彬くんに聞かれ、「うん」と小さく頷く。

気づけばもう空が暗くなっていた。時計を見ると、午後六時過ぎ。

いつになったら目が覚めるの？

じっと尊の顔を見つめていたら、彬くんに肩を叩かれた。

「なにも食べてないんでしょ？　ここのレストラン、夜の八時までやってるんだ。僕となにか食べに行こう。このままだと義姉さんが病気になって、兄貴に怒られる」

「尊さまは私が見ていますから」

真田さんが穏やかな声で言って、私の肩にカーディガンをかける。

「でも……」

「いいから」

彬くんは躊躇する私の手を掴んで立たせると、病院内にあるレストランに連れていく。

「彬くん……私、食事をする気分じゃない」

なんだか身体全体が重い感じがして息苦しさを覚える。

「ダメだよ。義姉さんはもっと自分を大事にしなきゃ。兄貴が全力で義姉さんを守ったんだよ。そのことを忘れないで」

彬くんに諭すように言われてハッとした。

そうだ。尊が守ってくれたから、私はたいした怪我もしていない。

それに赤ちゃんのことを思い出して、お腹に手を当てた。

ここに尊の赤ちゃんがいるかもしれない。しっかり食べなきゃ。

「義姉さん、お腹……どうかした？」

私のお腹に目を向け怪訝な顔をする彬くんに、「ううん、なんでもない」と小さく頭を振ってごまかす。

尊のこともあったから、彬くんにこれ以上心配をかけたくなかった。

「ほら、座って」

彬くんに言われて窓側の席に座らされると、メニューを見せられた。

「なにがいい？　食べないって選択はなしね」

「……きつねうどん」

麺系ならなんとか食べられそうな気がしてそう答えると、彬くんは苦笑いした。

「本当は肉とか食べてほしいけど、まあ仕方ないか」

「……ごめん」

「謝らないでよ。すみません。注文お願いします」

彬くんは近くにいた店員さんに声をかけると、私に目を向けた。

「大丈夫。兄貴はいつもよりちょっと長く眠ってるだけだ。病室で僕が義姉さんに襲いかかったら、すぐに目覚めるかもよ」

彼が冗談を言って私を笑わせる。

「フフッ……それ本当にやってみる？」

「僕が兄貴にボコボコにされたら、介抱してね」

私にウインクする彬くんを見て、少し元気が出てきた。

顔や声が尊に似ているせいもあるかもしれない。

「尊は彬くんをボコボコになんてしないわ。小さい頃からかわいがっていたもの」

俺様な尊だけれど、彬くんにはいつだって優しかった。

ううん、彬くんだけじゃない。彼は家族みんなを大事にしている。

「兄貴が一番愛してるのは義姉さんだよ。もう義姉さんしか見えてないからね。心から愛せる相手に出会えた兄貴が羨ましいよ」

「彬くんにだってきっと運命の人が現れるわよ」

彼のように優しい人なら、素敵な女性に出会うだろう。私と尊のようにすでに出会っていて、再会してから両思いになることもあるかもしれない。

「ありがと。気長に待つよ」

そんな話をしていたら、注文した料理が運ばれてきた。

彼が明るい雰囲気を作ってくれたせいか、少し食欲が出てうどんを完食できた。

レストランを出て尊の病室に戻ると、椅子に座っていた真田さんが立ち上がった。

「今のところなにも変化はありません」

彼の報告を聞いて少し落胆しながら頷いた。

「……そうですか」

「優里香さまはまた付き添われるのでしょう？　尊さまのベッドの横に簡易ベッドを入れてもらったので使ってください。椅子では疲れますから」

「真田さん、ありがとうございます」

彼らしい配慮に感謝した。

「私と彬さまは帰りますが、なにかあれば夜中でも連絡をください」

明日は月曜日だ。尊のお父さまと明日以降のことについて話をするのだろう。

詳細を言わないのはきっと私を気遣ってのこと。

「ええ。彬くんもありがとう」

彬くんに目を向けると、彼は私に約束した。

「元気出して。兄貴はそのうち起きる。弟の僕がそう言うんだから間違いないよ」

「うん。必ず目を覚ますわ。そう、尊は必ず目を覚ます」

彬くんの目を見て頷き、祈りを込めて胸に手を当てる。

ふたりが病室を後にすると、椅子に座って再び尊の手を握った。

「尊、ずっと寝たままでお腹空かない？」

そう話しかけるが、彼から返事はない。

昨日尊が真奈と一緒にいるのを見て私が逃げ出さなければ、こんなことにはならなかったのに。

今さら後悔しても遅い。

でも、何度も思う。時を戻せたらどんなにいいだろう。

みんなが私のことを信じなくても、尊はずっと私の味方だった。

なぜもっと気を強く持って、彼を信じなかったの？

彼も他の男性と同じように義妹にそそのかされてしまうと、短絡的に考えてしまった自分が憎い。

「尊……ごめんなさい」

どうしたら目覚めてくれる？

どうしたら私を見て微笑んでくれる？

馬鹿っていっぱい罵ってくれていい。お願いだから目を覚まして！

ギュッと尊の手を握り、私の頬に当てる。

「尊……パパになるかもしれないの。だから……私を置いていかないで……。お願いよ……」

涙がとめどなく流れる。

「……泣くな……よ」

尊の声がしたかと思ったら、握っていた彼の手がゆっくりと動いて、私の頬の涙を拭う。

「……尊？」

目を大きく見開いて尊を見つめると、彼が目を開けて私に微笑んでいた。

「優里香……どうして泣いてるんだ？」

「だって……尊が全然目を覚まさないから……」

「どのくらい寝てた？」

彼が私の頭を撫でながら確認する。

「三十時間以上……」

彼がずっと目を覚まさなかったから、何度時計を見たかわからない。

また涙が込み上げてきて、尊に抱きついた。

「ずいぶん寝てたな。心配かけてごめん」

尊が上体を起こし、私を抱き寄せてこめかみに優しく口づける。

「……よかった。本当によかった」

尊の温もりを感じる。それがどんなに幸せなことか。

「優里香を残して死ぬわけないだろ？」

「……うん」

「それに俺、パパになるかもしれないんだろ？」

彼の言葉に驚いて思わず声をあげる。

「聞こえてたの？」

「夢かと思ったが、目を開けたら優里香がいて現実なんだって……。まだ病院に行ってないんだろ？　ちゃんと調べてもらおう」

尊は無事だったし、これで安心して産婦人科で診てもらえる。尊が目覚めるまで気が気じゃなくて、不安で頭がおかしくなりそうだった。

「うん。でも、全然驚かないのね？」

赤ちゃんの話を知っても尊がとても落ち着いているので、不思議に思った。

「最近の優里香、食欲がなかったから、ひょっとしたら妊娠してるかなって思ってたんだ。早く子供できろって願かけながら、毎晩優里香を抱いたからな」

どこか楽しげに微笑む彼に確認する。

「それってプロポーズする前からずっと？」

知らなかった。尊が願かけなんかしていたなんて。

「願かけを始めたのは、優里香と見合いした夜からかな。子供ができれば、俺と結婚してくれると思ったんだ。俺ってズルい男だろ？」

とびきりの笑顔で微笑む彼に、胸が温かいもので満たされる。

これから夫婦になるのなら、私も自分の気持ちを正直に伝えようと思った。

両思いになってまだまだ日は浅いけれど、これから私たちはずっと一緒にいるのだから。

「私……妊娠がわかった時怖かったの。結婚する前に子供ができたら、尊の立場が悪くなるんじゃないかって……。それに子供は欲しいって言ってたけど、こんなに早くできたら戸惑うんじゃないかって……」

自分の不安を思い切ってぶつけると、彼は私にとても温かい眼差しを向けた。

「馬鹿だな。そんな心配しなくていいのに。優里香の子供なら今すぐにでも抱きたいよ。俺の家族だってみんなきっとそう思ってる。順番なんて関係ない」

尊の言葉を聞いて、嬉しさが込み上げてきた。

「尊……」

「優里香はどこも怪我してないか？　出血とか、腹痛は？」

彼は私の身体のことだけでなく、赤ちゃんもことも心配してくれている。

「尊が守ってくれたから大丈夫よ。……ひとりで勝手に誤解して逃げてしまってごめんなさい」

打ちどころが悪ければ、尊は死んでしまった可能性もあるのだ。

それなのに、彼は私を責めない。

「謝らなくていい。優里香を動揺させたくなくて内緒で義妹に会った俺が悪い」

今までの自分なら、義妹の話を聞いて耳を塞いでいただろう。

でも、もう知っている。

自分の命を顧みずに尊は私を守ってくれた。彼の私への愛が揺らぐことはない。だから、私も尊を信じて話を聞くべきだ。

「真奈が尊にコンタクトを取ってきたの？」

「ああ。単に俺を誘惑するのが目的なら、会わずに真田に処理させていただろう。だが、交差点で優里香を押したのが義妹だとわかって会うことにした」

処理というワードを聞いて、尊が義妹をよく思っていないことがよくわかる。

まるで害虫を駆除するような言い方だ。

「妹は……尊になにを話したの？」

きっと私があばずれとかあることないこと言ったに違いない。

私の不安が伝わったのか、尊が私の頬に手を添えてきた。

「優里香と結婚すれば後悔するというようなことを言ってたよ。だが、アラブの大富豪を彼女に紹介して黙らせた」

だから、なにも心配するな。尊の目はそう言っている。

「アラブの大富豪？」

あの時の私は尊と真奈しか見えてなかったけど、その人も一緒だったの？

小首を傾げて聞き返す私に、彼はニヤリとした。

「王子だし、俺よりもリッチな男だから、あの義妹もサイードにメロメロになってた。義妹のことは……いや、優里香の家族のことは俺に全部任せてほしい」

一瞬、尊の目が残酷に光った。

こういう時の彼はなにか企んでいる。でも、きっとそれは私のため。

今度こそ尊を信じてすべて任せよう。

「ええ。尊を信じるわ。アラブの大富豪が一緒にいたなんて全然気づかなかった。……私のために義妹に会ったのに、逃げてしまって本当にごめんなさい」

落ち込みながらもう一度謝る私の頭を、尊がよしよしと撫でる。

「優里香は義妹に精神的に追い詰められていたんだ。自分を責めるな」

「でも……一歩間違えば尊を失っていたかもしれないのよ。自分が許せないわ」

唇を強く噛んで後悔する私に、尊は甘く微笑む。

「俺はちゃんと生きてる。そんなつらそうな顔するなよ。優里香を苦しめるものはそのうちなくなる。だから、安心して俺の妻になれ」

「……はい」

極上に甘い命令。

目頭が熱くなるのを感じながら返事をすると、尊が私に優しく口づけた。

触れた唇が熱い。それは彼が生きているということ。

私の最愛の人――。

尊はキスを終わらせると、自分のお腹にそっと手を当てた。

「そういえば腹減った」

「お母さまがそう言って起きるって予言してたわよ。でも、なにか食べる前にお医者さまに診てもらわないと」

クスッと笑ってナースコールのボタンを押そうとしたら、彼に手を掴まれた。

「待った。医者を呼ぶ前に優里香を思い切り抱きしめたい」

「尊、ここは病院よ」

私がそう指摘したら、彼は悪戯っぽく目を光らせた。

「さっきはキスだってしてた」

「それは感極まってて……」

顔を赤くしながらそんな言い訳をする私を、彼が抱き寄せる。

「いいから」

「だ、誰か入ってきたらどうするの？」

急にここが病室だということを意識してドアの方をチラッと見る私の顔を掴み、彼が目を合わせた。

「感極まって抱きしめるだけだ。誰も文句は言わない」

「だけど……」

「診察よりも、こっちのが大事だ」

尊が私をさらに強く抱きしめる。

「尊……」

彼にギュッとされて、改めて思った。

尊は生きている。単純なことだけれど、私にはなによりも大事なこと。

彼がそばにいてくれるだけで幸せなのだ。

私が尊の背中に腕を回すと、彼は私の心に刻みつけるようにゆっくりと告げた。

「俺は優里香を置いてどこにも行かない。約束する」

サプライズ　―　尊side

「これって……」

俺が手渡した書類を見て、優里香が目を大きく見開いた。

「あとは優里香が署名、捺印《なついん》するだけだ」

彼女が手にしているのは婚姻届。

俺が意識を取り戻した次の日、真田に頼んで持ってきてもらったものだ。

あれから両親と彬が病院にやってきて、俺の無事を確認すると真田以外は帰っていった。

俺の身体はなんともなくて、朝食を食べたら退院することになっている。

「いつの間に用意していたの？　尊のサインだけじゃなく、証人欄には尊のお父さまや私のおじいさまのサインまであるわ」

「優里香と見合いする前に用意していた。すぐに結婚するつもりでな。子供ができるできないは関係なく、早くお前を俺のものにしたかったんだよ」

「尊……」

今にも泣きそうな顔をしている優里香に笑ってペンを差し出した。

「感動はいいから、まずサイン」

「でも私……印鑑を持ってないわ」

ペンを受け取りながら躊躇う優里香に、真田が安心させるように言った。

「ご心配なく。印鑑も用意してあります」

「みんな用意がいいのね」

優里香は穏やかに微笑んで婚姻届にサインをする。一文字一文字ゆっくりと。

「昔から思ってたが、優里香の字って好きだな。女らしくて優里香そのものって感じがする」

「あら、私は尊の字に憧れるわ。達筆だもの」

「優里香に初めて褒められたような気がするな」

そんな軽口を叩けば、彼女は真剣な顔で俺に言う。

「そんなことないわ。尊はなんだって私よりうまくできるじゃない。褒めたらきりがないのよ」

「それは褒めすぎだ」

優里香の頬に手を添えて微笑んだら、横からコホンと真田の咳払《せきばら》いが聞こえた。

「私がいるのを忘れないでください。必要があれば席を外しますので」

「悪い。つい優里香が愛おしくて。お前も恋人がいればわかるさ」

自慢げにそんな言い訳をする俺を見て、彼は冷淡に返す。

「今のところ必要性を感じませんね」

「そう言ってる奴が突然恋に落ちたりするんだよ。俺みたいにな」

「惚気は結構です。今日は大事を取って休みにしましたので、優里香さまとゆっくり過ごしてください。婚姻届は私が出しましょうか？」

真田が俺たちを気遣ってそう言うが、断った。

「いや、退院したらその足で優里香と役所に行く。なにかあれば連絡する。朝から呼び出して悪かったな」

「いえ、なにも異常がなくてよかったです。例の件はあともう少ししたら看護師が呼びに来ると思いますので」

例の件というのは産婦人科の予約。両親にバレないよう、真田に言って予約させたのだ。

優里香は怪我がなかったが、もしお腹に子供がいるならちゃんと調べる必要がある。

「ああ。サンキュ」

「少し早いですが、ご結婚おめでとうございます」

真田が俺と優里香を見つめて祝いの言葉を口にすると、優里香が花のように可憐《かれん》に微笑んだ。

「真田さん、いろいろとありがとうございます」

「今日が素敵な一日でありますように」

真田は微かに笑みを浮かべながら優里香にそう告げると、病室を後にした。

「真田、優里香に甘々だな。俺にはちっとも笑わない」

いつもポーカーフェイスでアンドロイドのような態度なのに、優里香には優しい。

「妹みたいに思われているのかも。小さい頃から顔は知っていたもの」

「あいつひとりっ子だからな。優里香みたいな妹が欲しかったのかもな」

「私も真田さんのことは兄のように思えるわ。いつも見守ってくれている感じがするの」

フフッと笑みを浮かべながら優里香が真田のことを言うのを見て、少しジェラシーを感じたが堪えた。

優里香と結婚するのは俺なのだから、くだらない嫉妬はしないでおこう。

「俺の奥さんになるんだから、ずっと見守ってるさ」

「真田さんにも素敵な人が現れたら嬉しいわ」

「まあ、そのうちいい子に出会うんじゃないか。あいつも俺と同じように惚れた女を見つけたら、一気に攻め落とすと思う」

一見クールだが、結構熱い奴だ。

俺の発言を聞いて、優里香がクスッと笑う。

「尊のアプローチはすごかったわ」

「絶対に逃がす気はなかったからな。ほら、あと判子」

優里香に印鑑を手渡すと、彼女は緊張した面持ちで判を押した。

「判子って綺麗に押すの難しいわよね。でも、これはうまくいったわ」

婚姻届に押した判を見て、優里香は子供のように微笑む。

「あとは役所に出すだけ。その前に……」

婚姻届を見ながら言葉を切ると、ノックの音がして看護師が入ってきた。

「水沢さま、診察の準備ができました」

「はい。ありがとうございます」

優里香が返事をすると、俺たちはソファから立ち上がり、病室を出た。

看護師の案内で産婦人科に向かう。

普段は激混みらしいが、真田に頼んで一般の外来とは別の時間に診てもらえるようにした。

「俺はここで座って待っているから」

診察室の前にある青い長椅子を指差して、優里香の背中を軽く押した。

「うん。行ってくる」

優里香は俺の目を見て微笑すると、看護師と共に診察室に入っていく。

こういう時、なにもできず待つことしかできないのがつらい。

手を組んで優里香が出てくるのをじっと待つ。

普段待ち時間があればスマホを操作して仕事をするのだが、今はその余裕がない。

もし妊娠してなかったとしても、チャンスはいくらでもある。

だが、やっぱり妊娠していてほしい。

もう頭の中では、妊娠した優里香をどうケアするか、出産後はどんな風に育児をして、彼女の身体を気遣うか……そんなことばかり考えている。

気が早いと真田に笑われそうだが、俺たちの子供に会いたくてたまらない。

実は優里香に内緒でベビーグッズも調査済み。ベビーカーもベビーベッドもオムツも迷わずチョイスできる自信がある。

診察室のドアをジーッと見据えていたら、看護師に呼ばれた。

「久遠さん、一緒にお話を」

俺も診察室に入ると、五十歳くらいの女医さんと優里香が向かい合って椅子に座っていた。

優里香が俺を見て小さく微笑む。

その表情で彼女のお腹に赤ちゃんがいるんだとわかった。

俺も優里香の横にある椅子に腰掛けると、女医さんが笑みを浮かべながら言った。

「おめでとうございます。ご懐妊ですよ」

その結果を聞いて、優里香と目を合わせる。

「ありがとうございます」

優里香と声を揃えて礼を言うと、嬉しさが込み上げてきて思わず優里香の手をギュッと握った。

「心拍も確認できました。寒い時期ですので身体を冷やさないようにしてください」

「はい。気をつけます」

笑顔で女医さんにそう返し、退院の手続きを済ませて病院を出る。

女医さんにはいろいろと質問をしたが、階段から落ちた影響はなにもなかったようで安堵した。

正面玄関前に停まっていたタクシーに乗ると、自宅に帰らずに役所に向かう。

「俺の勘って当たるのな。とにかく母子ともに無事でよかった」

隣に座る優里香の腰に手を回し、後部座席のシートに身を預けた。

「まだお腹が平らで実感ないけど、本当にここにいるのね」

優里香が愛おしげにお腹を撫でる。

そんな彼女を優しく見つめて言った。

「大事に育てていこう」

「ええ」と頷く彼女がとても嬉しそうで、見ていて胸が温かくなる。

役所に着くと、まっすぐ戸籍課に行き、優里香とふたりで婚姻届を提出する。

窓口で書類を受け取った男性職員に、「おめでとうございます」と声をかけられた。

これで書類に不備がなければ、俺たちはこの瞬間から夫婦。

あまりにあっさりしすぎて少し驚いてしまうが、優里香と一緒に礼を言って役所を後にする。すると、優里香がクスッと笑みをこぼした。

「どうした？」

優里香に目を向けると、彼女は目を輝かせて俺を見る。

「書類一枚で婚姻が認められて、名前も変わるなんて……婚姻届って魔法の紙ね」

彼女の発言がかわいくてつい笑ってしまう。

「魔法の紙か。確かにすごい力を持ってるよな。どう？　久遠優里香になった感想は？」

やはり結婚式を挙げていないせいか、書類を提出しただけではイマイチ実感が沸かない。

「まだ全然実感ないわ」

優里香も俺と同じように感じたようで、つくづく結婚式を挙げることは大事なんだと思った。

真田に言って早く式の準備をさせよう。優里香の負担にならないようこぢんまりとしたものがいい。もちろん、式のことは優里香には当日まで内緒にするつもりだ。

もう入籍したのだから、俺が式の当日逃げるとは思わないだろうが、彼女を不安にさせたくはない。

「次、病院に行ったら久遠さんって呼ばれるから、ちゃんと返事をしろよ」

優里香をからかうと、彼女は茶目っ気たっぷりに微笑んだ。

「尊と同じ名字の人がいるんだって思いそう」

入籍してから一週間後、俺と優里香は目黒《めぐろ》にあるサイードの邸宅で開かれたパーティーに出席していた。

「ご結婚おめでとうございます。尊からあなたの写真が送られてきてとても美しい人だと思ったのですが、実物には敵いませんね」

サイードが優里香の手を取ってゆっくりと口づける。

敷地面積が三千平方メートルもある彼の邸宅は、溢れる緑に覆われ、建物は高品質な無垢《むく》材、天然石、レンガ、ステンドグラスを取り入れた英国スタイル。調度品も高価なアンティークを揃えていてとても豪華だ。

サイードの交友関係は広く、外国の大使や政財界の大物が集まり、皆正装をしている。サイードや政治家たちの要人警護もあって、警察幹部も来ているようだ。

「こら、人の妻に手を出すな」

ギロッとサイードを睨みつけて注意する。

こいつは生粋《きっすい》の女たらし。美人を見れば既婚者でも口説く。

「怖いな。殺気が漲《みなぎ》ってるぞ。尊のこんな顔初めて見ますよ。それだけ尊に愛されてる証拠ですね」

サイードが優しく微笑すると、優里香は少し頬をピンクに染め、はにかみながら返した。

「そ、そんなこと……」

今日の優里香は、俺がプレゼントした紫の着物を着ている。ただ、彼女は妊娠しているので、腰紐は締めつけ感があまりないものに変えてもらった。

サイードの恋人として紹介された優里香の義妹も、彼にプレゼントされた高価なターコイズブルーのドレスを着て、まるでこの屋敷の女主人のように招待客に挨拶している。サイードが優里香の手に口づけているのを見ても平然としているし、優里香が俺と結婚したことを知っても、自分が将来アラブの王子の妃になると確信しているのか、余裕の笑みを浮かべている。

つくづく強欲で愚かな女だと思う。

優里香の父親や義母である水沢夫妻も出席していて、彼らも愛娘がサイードを射止めたとご機嫌な様子だ。

そのせいか最初は優里香の表情がいくぶん強張っていたが、俺が「大丈夫だから」と言い聞かせると、ようやく落ち着いてきた。

自分にひどい振る舞いをしてきた家族と同じ空間にいて、かなり苦痛を感じているだろう。だが、それもあと少しの辛抱だ。

今日のパーティー、サイードは優里香の義妹に『真奈のお披露目だ』と伝えているが、実は違う。真奈と水沢夫妻を罰するために開かれたものだ。

今日こそ優里香を苦しめた彼らを地獄の底に突き落としてやる。

「皆さんにお集まりいただいたことを嬉しく思います。まずはスクリーンの映像をご覧になりながら食事をお楽しみください」

サイードはマイクを手に取って挨拶する。

二百人収容のホールの正面にある大きなスクリーンに、ある六十代前半のスーツ姿の男性が映し出された。

『ここにいるミズサワビールの水沢社長は五年前から会社の金を不正に引き出し、私的に流用していました』

男性の告白にホール内が騒然となる。

その男性は、ミズサワビールの園田《そのだ》専務。

真田に会社のことを洗いざらい調べさせたら、横領の疑いが出てきたため、俺は実情を探るために経済界のパーティーで何度か顔を合わせた園田専務に接触した。

彼は実直な人で、私利私欲のために会社の金を着服する水沢社長夫妻がずっと許せなかったらしい。園田専務は告発しようとしたが、不正には一切関与していなかったにもかかわらず『俺が警察に捕まれば、お前にそそのかされたと言うぞ』と優里香の父親に脅され、ずっと苦しんでいた。

しかし、今回俺が『なにがあっても園田さんは僕が……久遠が守ります』と彼に約束したこともあり、内部告発し、不正の証拠も提出してくれた。

スクリーンに横領の証拠書類がアップで映され、またラスベガスでカジノをする水沢夫妻や、有名ブランド店を貸し切って買い物する義妹の映像が流れると、彼らの顔が青ざめた。

「な、なぜ……こんな画像が。誰か……あの映像を止めろ！」

激しく狼狽えながら優里香の父親が声を荒らげると、サイードが意地悪く微笑んだ。

「私はこういう身分だから、パートナーには完璧を求める。真奈のことを調べたら、あなたの悪事がたくさん出てきてね。でも、これだけではない。真奈もとんでもないことをしているよね？」

サイードは真奈をじっと見据えてそう言うと、パチンと指を鳴らした。すると、彼女が優里香の後をつけている姿や、交差点で信号待ちをしていた優里香がフードをかぶった女に背中を押された映像が流れた。

交差点での映像には、優里香を押した女が逃走し、人気のない路地裏でフードを脱いだところまで撮られていて、犯人の顔もしっかりと映っていた。

もちろん犯人というのは真奈だ。

ここで使われた画像と映像は、サイードと俺が金に糸目をつけず集めたもの。最近は防犯カメラがいたるところにあるし、スマホの普及もあって、真奈の犯行シーンの映像を入手できた。あとは警察が彼女の事件時のアリバイを調べれば逮捕されるだろう。

「これは……なにかの間違いだわ！　きっと加工された映像よ！」

震える声で否定する真奈を、招待客は冷ややかに見る。

「私も同じことを思って部下に調べさせたが、この映像にはなんの加工もされていなかったよ。真奈のことを調べれば調べるほど、君がこれまで義理の姉弟にしてきた悪行がぼろぼろ出てくる。とても残念だが、君を私の妻にはできない」

サイードが冷酷に告げると、真奈は顔を強張らせて大声で叫んだ。

「罠だわ！　義姉さんが私を貶めようとしてるのよ」

「言いがかりもいいところだ。僕の妻を侮辱する発言はやめてくれないか？」

俺は義妹の発言に身体を固くする優里香の肩をしっかりと抱き、冷ややかに返した。

しばらくサイードに任せようと思ったが、優里香のことを悪く言われてもう黙ってはいられなかったのだ。

「これは……全部あなたたちの仕業ね。私たちを貶めようと……」

真奈は憎しみを込めた目で、俺と優里香を睨みつける。

ここで観念せず、被害者面するとはね。どうやらこの女は自分が今までなにをしてきたか、まるでわかっていないらしい。

「貶める？　勘違いをしてもらっては困るな。すべて事実だ。なんなら君の元恋人のホストを呼んで、これまでの悪事を白状させようか？　優里香の友人に違法な薬物を飲ませて廃人にさせたとか、君が乱交パーティーでいつも麻薬を使用しているとか？」

それは作り話ではない。優里香の義妹は本当に薬物に手を出していて、乱交パーティーで薬物を服用している彼女の写真も入手している。

俺の話に水沢夫妻も驚いて目を見開いた。

「ま、真奈、本当か？」

優里香の父親が動揺しながら尋ねると、真奈は声を大にして否定する。

「こんなのでたらめよ！　私は大麻なんてやってないわ！」

彼女の失言を聞いて、ニヤリとした。

「君は大麻をやっているんだな。僕は麻薬としか言っていない」

「あっ……」と声をあげて、彼女は口に手を当てる。

今さら気づいても遅い。自分からバラすなんて馬鹿な女だ。

冷淡に告げて、真奈を見据えると、彼女はわなわなと震えだした。

「……私はやってないわ。私は……」

「まだ認めないのか？　素直にすべて白状した方が身のためだぞ」

呆れ顔で言う俺に向かって、彼女は犬のように吠えた。

「やってないって言ってるでしょ！」

まったく、救いようがない女だな。

ハーッと溜め息をつく俺の横で、優里香はじっと義妹を見つめていた。

その悲痛な表情に、こっちも胸が苦しくなる。

だが、真奈たちを野放しにすれば、また優里香に危害を及ぼすかもしれない。

そう自分に言い聞かせると、サイードに合図を送り、真奈のバッグを顎で示した。

すると、彼は真奈が逃げないようその腕を掴み、ホールにいる警察関係者に命じる。

「誰か、彼女の所持品を調べてくれ」

すぐにスーツ姿の警察幹部と、制服を着た警官が数人現れて、真奈が持っていた黒革のクラッチバッグを調べた。

ホール内にいる皆がその状況を固唾《かたず》を呑んで見守っている。

調べて一分も経たないうちに、警官が「ありました！」と声をあげ、小さなビニール袋に入った薬物を掲げてみせた。

「ちょっと来てもらえますか？　あなたがたも」

警官は真奈の腕を掴むと、水沢夫妻に目を向けた。夫妻は呆然とした様子で連行されていくが、真奈は髪を振り乱して激しく抵抗し、優里香に向かって叫ぶ。

「私はなにも悪いことしてない！　全部この女が仕組んだのよ！」

証拠が出たのにまだ言うか。

往生際が悪すぎて俺が呆れ果てていたら、ずっと沈黙を守っていた優里香が突然声を張り上げた。

「真奈、もう諦めなさい。あなたは私だけじゃなく、翔や私の友人まで苦しめた。ちゃんを自分の罪を認めて償って」

優里香は義妹の言葉に怯まず、まっすぐに彼女を見据えて言った。

それは優里香なりの優しさだったと思う。

だが、真奈には伝わらなかったのか、「いい子ちゃんぶるんじゃないわよ、この女《め》狐《ぎつね》！」と暴言を吐き、優里香に飛びかかろうとした。

その目は血走っていて……。

危ない！

とっさに優里香に覆いかぶさってかばうが、警官がすんでのところで真奈を取り押さえ、ホールの外に連れていく。

薬物に脳をやられているのか、どこか猟奇的だった。

姿が見えなくなってもまだ「あの女のせいよ！」という声が聞こえる。

優里香に聞かせたくなくてその耳を両手で塞ぐと、彼女が俺の手を掴んだ。

「尊、大丈夫だから」

俺の目を見つめて彼女が微笑んでも、ついつい心配で確認してしまう。

「本当に？　無理はするなよ」

「本当に大丈夫。私には尊がいるし、守らなければいけないものもあるから」

彼女が愛おしげにお腹に手を当てるのを見て、コクッと頷いた。

「そうだな」

それから騒ぎが収まると、サイードがホールにいる招待客に向けてにこやかに話し始める。

「これで安心して本題に入れます。今日お集まりいただいたのは、私の親友である久遠尊の結婚祝いと、久遠グループと我がサイード財団の共同プロジェクトの発表のためです」

サイードの言葉でそれまで緊迫していた場の空気がガラリと変わった。

招待客が俺たちに拍手を送ると、スクリーンに【宇宙エレベーター開発プロジェクト】という文字が表示され、開発計画のプロモーション映像が流れた。

すでにプロジェクトは動き出していて、二〇四〇年の運用開始を目指している。

パーティーが終わると、サイードの肩をポンと叩いた。

「いろいろ協力してくれてありがとう。麻薬の話もお前から聞かなければわからなかった」

「真奈を家に泊めた時に、使用人が彼女が大麻を吸っているところを見て俺に報告してきたんだ。役に立ててよかったよ」

サイードの説明を聞いて静かに頷く。

「そうか。これであの親子は社会的に抹殺された」

あとは警察に任せよう。

ホッと胸を撫で下ろすと、サイードが優里香と向き合い、彼女の肩に手を置いた。

「優里香さん、これからは尊と幸せになってください。先ほどのあなたの言葉には感動しました」

「サイード王子、ありがとうございます。尊もありがとう」

優里香が礼を言うと、サイードがどさくさに紛れて彼女を抱きしめた。

「あ〜、こんな美人が奥さんだなんて尊が羨ましいな。奪いたくなる」

「だから、俺の妻に手を出すな！」

サイードを優里香から引き剥がすと、彼が苦笑いした。

「尊、冗談だ」

「お前が言うと冗談に聞こえない。四人も妻がいるんだからそれで満足しろよ」

彼には十八歳から三十歳まで年の違う妻がいる。皆美人で、しかも子供も三人いるのだ。

「だが、優里香さんのように肌が雪みたいに綺麗な女性はいない」

諦めの悪いサイードにスーッと目を細めて言う。

「優里香は誰にもやらない。他を当たれ」

俺とサイードがそんな言い合いをしていると、優里香がクスクス笑った。

「ふたりとも本当に仲がいいですね。尊がそんなムキになるなんて……フフッ」

楽しげに笑う優里香を見て、強くなったと感じた。

やはり母になるからだろうか。俺も負けていられないな。
そう思った――。

「わあ、どれもかわいい」

店内にあるベビー服を見て、優里香が目を輝かせる。

サイードのパーティーがあってから数日後、俺は優里香を街へ連れ出した。

今日はクリスマスイブで、どこの店もクリスマスソングが流れている。

「かわいいけど、小さいな。人形の着せ替え用の服に見える。靴下なんか俺の指の長さしかないんだぞ」

赤ちゃん用の靴下を見て大袈裟に驚いてみせると、優里香がクスッと笑った。

「本当に小さいわよね。今まで特に気にしたことがなかったけれど、妊娠がわかってからは赤ちゃんに自然と目がいくの。赤ちゃんて本当にかわいいわよね」

俺の目には優里香もかわいく映っているよ。

入籍した日からいろんな不安がなくなったせいか、彼女は明るくなった。

悪阻は今のところ落ち着いている。

もともと綺麗だった彼女だが、妊娠してさらに魅力的になった。肌や髪の艶もいいし、キラキラ輝いて見える。

「ここのベビー服、気に入った？　なんなら店ごと買おうか？」

おどけて言ったら、優里香が苦笑した。

「……だから、尊が言うと冗談に聞こえないわ。ベビー服買うのはもう少し先ね。まだ性別もわからないもの」

お腹をそっと撫でる優里香。

最近気づけば彼女はその仕草をするけれど、無意識なんだと思う。

「男の子と女の子だったらどっちが欲しい？」

「う〜ん、男の子かしら。尊にそっくりの子がいたらかわいいだろうなって思うわ」

どこか夢見がちに返す優里香に、わざと顔をしかめてつっこんだ。

「俺に似てかわいいとは言わないだろ？」

「そんなことないわ。尊、目鼻立ちがはっきりしているから、尊に似たらすっごくかわいいわよ」

俺の目をしっかりと見据えて力説する彼女が面白い。

「優里香に似た方が美形だと思うぞ。まあ、元気に生まれてくれれば男の子でも女の子でもいいけど」

「そうね」

「ちょっと寄りたいところがあるんだ。歩いてすぐだから」

優里香の手を掴んで店を出ると、彼女が笑顔で聞いてきた。

「次はベビーベッドでも見るの？」

「いや、違う」と返して、ワンブロック先にある教会に向かう。

「教会？　尊ってクリスチャンだった？」

今日がクリスマスイブだからか見当違いなことを言う優里香に向かって頭を振り、ニヤリとする。

「違う。今日は俺たちの結婚式だ」

「……私たちの結婚式？」

優里香が声をあげ、瞠目した。

彼と幸せになる

「違う。今日は俺たちの結婚式だ」

教会の前で放たれた尊の言葉に驚かずにはいられなかった。

「……私たちの結婚式？」

思わず固まる私の手を引いて、彼は教会の中に入る。

すると、ドアの前に礼服を着た真田さんと弟の翔がいて、大きく目を見開いた。

「翔？　え？　いつの間に？」

山梨にいるはずの弟が目の前にいて、何度も目を瞬く。

弟はライトブラウンだった髪を黒に染め、耳のピアスも外していた。

「尊さんから連絡があって、昨日東京に戻ってきた。で、ついでに言えば、尊さんの勧めもあって、姉ちゃんと同じマンションに引っ越してきたんだよ」

翔は尊にチラリと目をやりながら私に説明する。

昨日も翔とはＬＩＮＥしていたのに、なにも言わなかった。ふたりでコソコソやり取りをしていたのね。

そういえば、父や真奈が警察に捕まったと伝えてもそれほど驚いてはいなかった。多分、私より先に尊から詳しい話を聞いていたのだろう。

事件の発覚で父は社長を解任され、その後開かれた取締役会で専務だった園田さんが社長となり、弟の翔が常務に就任した。弟は学業と両立させながら、園田さんの下で経営を学ぶらしい。

サイード王子や久遠グループが圧力をかけたのか、マスコミによる報道はされず、ミズサワビールはあまり事件のダメージを負わなかった。

「尊が翔に連絡していたなんて全然知らなかったわ。身体は大丈夫なの？」

「最近は発作もないし、落ち着いてる。尊さんが姉ちゃんをしっかり守ってくれてるからかもな」

翔が私をからかうと、そんな彼の肩を尊がポンと叩いた。

「最愛の弟がいれば、優里香も心強いだろ？」

「尊……」

尊と見つめ合っていたら、弟のわざとらしい咳払いが聞こえた。

「コホン。ふたりとも、仲がいいのはわかるけど、式の時間が迫ってる」

「あと一時間もありませんよ」

真田さんも時計を見ながら注意してきて、顔がカーッと熱くなった。

そこへ、尊のお母さまと麗さん、それに彬くんが現れた。三人も礼服を着ている。

「尊、優里香ちゃん、そろそろ準備しないと」

「兄貴、式の準備は整っている。あとは兄貴と義姉さんの着替えだけだよ」

尊のお母さまと彬くんがそう声をかけると、尊はまだ呆然としている私の背中を軽く押した。

「ああ。優里香を頼むよ」

「「任せなさい」」

お母さまと麗さんが一緒に返事をして、あれよあれよという間に花嫁用の控室に連れていかれた。

控室には久遠系列ホテルのブライダルスタッフがいて、挨拶をする間もなくヘアメイク。

前回の結婚式の準備では、なんの感情も湧いてこなかったけど、今は突然知らされたこともあって胸がドキドキしている。

ナチュラルメイクで口紅は淡いピンク。髪はアップにされ、仕上げにティアラをつけられた。

ダイヤとサファイヤがちりばめられたその美しいティアラを見てハッとする。

とても綺麗で……まるで自分がプリンセスになったみたい。

「これ、久遠家に伝わるティアラなの。優里香ちゃん、よく似っているわ。本物のお姫さまみたいよ」

尊のお母さまが笑顔でそう説明すると、横にいた麗さんもどこか楽しげに微笑んだ。

「尊、優里香ちゃん見てうっとりするでしょうね」

ヘアメイクが終わると、次はお着替え。

スタッフに部屋の奥にあるフィッティングブースに連れていかれた。

ブースの中にあったのは、前に試着をして素敵だと思ったオフショルダーのプリンセスラインのウエディングドレス。

スタッフの手を借りて着替えるが、鏡を見てもまだ自分の結婚式だという実感が湧かなかった。

みんな「うっとりしちゃう」と言ってくれるが、ドレスを着てもなんだか夢見心地。

ボーッと鏡を見ていたら、コンコンとノックの音がして彬くんが入ってきた。

「義姉さんの準備できた……って、すごく綺麗だ。兄貴が見惚れすぎて式が進行しないかも」

私を褒めながら、彼は持っていた一眼レフで写真を撮る。

「兄貴がそわそわしながら義姉さんを待ってるよ」

彬くんにそう言われ、控室を出て礼拝堂へ。

ドアの前には真田さんと翔がいて、ふたりは私を見て頬を緩めた。

「とてもよく似合ってますよ。きっと尊さまも喜びます」

真田さんがストレートに褒めれば、弟はちょっと照れくさいのか、「姉ちゃん、馬《ま》子《ご》にも衣装だな」とひねくれた褒め方をした。

「ありがとう。そう、ドレスが素晴らしいの」

笑顔でそんな返答をすると、真田さんが式の段取りを説明する。

「リハーサルはなしでいきます。内輪だけの式ですので、リラックスしてください。翔さんが優里香さまをエスコートします」

「翔が？」

真田さんの言葉に驚いて、つい声をあげた。

「俺じゃ不満？」

少し首を傾げて私の顔を見つめる弟に、とびきりの笑顔で返した。

「ううん。大満足よ」

ずっと面倒を見てきた弟にエスコートをしてもらうなんて、なんだか変な感じがする。でも、もう翔も大人になったのよね。

礼服姿の弟は私よりも背が高く、立派な青年に見えた。

尊たちは私のためにいろいろ考えてくれたのだろう。

胸がじわじわと熱くなる。

こんなに愛されて、私は本当に幸せ者だわ。

感極まって胸に手を当てている私を、真田さんが心配そうに見つめてくる。

「優里香さま、大丈夫ですか?」

「大丈夫です。弟とヴァージンロードを歩くなんて思ってもみなかったから、感動してしまって」

「俺もこの教会に来るまで、結婚式で姉ちゃんをエスコートするなんて考えてもみなかったよ」

翔が私の肩にポンと置いて、悪戯っぽく目を光らせた。

「まだ式は始まっていませんよ。もし途中で体調が悪くなったら遠慮なく言ってください」

真田さんは私の身体を気遣ってくれる。

私の妊娠を知っているのは、尊と真田さんと麗さんだけ。まだ妊娠初期ということで、尊のご両親や彬くんには内緒にしている。

「はい。あの……この結婚式、いつから計画してたんですか？」

真田さんに尋ねると、彼は小さく笑みをこぼした。

「尊さまの頭の中では、優里香さまとお見合いをした時から考えていたようですよ。実際に手配をし始めたのは、今月に入ってからですが」

「全然気がつきませんでした」

多分、私のトラウマを気にして、なにも言わずに進めていたのだろう。

尊には結婚式が怖いとか……何度も言ったもの。

「物事を秘密裏に進行するのは、私も尊さまも得意ですから」

普段クールな真田さんが茶目っ気たっぷりに目を光らせる。

「私が結婚することを尊に伝えたのは、真田さんでしたよね？」

「ええ。伝えなかったら、尊さまが後悔するかと思いまして。イギリスにいた頃の尊さまはなんとなく覇気《はき》がないように見えました。多分優里香さまがいなかったせいでしょう」

真田さんの話を意外に思い、聞き返す。

「あの尊が？」

「ええ。生き甲斐《がい》をなくしたように見えました。私はおふたりを幼い頃から知っています。尊さまは結婚式をぶち壊してでも優里香さまを手に入れると思ったのです」

とても真剣な表情で語る真田さんの言葉を聞いて、彼のお陰で尊と結ばれたのだと知った。

「そういえば、尊がもし花婿が逃亡しなかったら、私を攫《さら》ったかもしれないって言ってました」

「私としてはそちらのバージョンを見たかったのですが、こうしておふたりが結婚されて嬉しく思います」

優しく微笑む彼を見て、胸がジーンとなり、言葉に詰まった。

「真田さん……。感謝しても……しきれないです」

「泣くのはまだ早いですよ。式はこれから始まるんですから」

真田さんが温かい目で私を注意すると、横にいる彬くんもコクコク頷いた。

「義姉さん、無理はしないでね。なにかあれば僕たちがフォローするから。じゃあ、僕と真田さんは先に行ってるよ」

私と翔に軽く手を振り、彬くんは真田さんと共に礼拝堂に入っていく。

「みんないい人たちだな」

「そうね。つらいこともたくさんあったけれど、みんなのお陰でここに今、立っているのよね。感謝の気持ちでいっぱいだわ」

「今まで苦しんだ分これからいいことがたくさんある。尊さんと幸せになれよ、必ず」

弟に優しい言葉をかけられ、少し涙ぐみながら頷いた。

「うん」

「まあ、尊さん姉ちゃんを溺愛してるから、俺が心配することなんてひとつもないけどな」

「私ももう翔の心配をすることはないかもしれないわね。髪も黒に戻しちゃったし、ピアスも外して、すっかり大人の男性になった感じがするもの」

クスッと笑う私に、弟はポリポリと頬をかきながら返す。

「いつまでも親に反発していられないだろ？　それに一応常務だし、きちんとしないと」

「園田さんと尊に経営のいろはをしっかり教えてもらいなさい」

バシッと弟の背中を叩くと、「痛《い》て！」と翔が呻《うめ》いた。

「姉ちゃんって尊さんと一緒にいるようになってから性格変わったよな」

「そうかしら？」

「明るくなった。なんか尊さんの色に染められてる」

翔と微笑み合っていたら、礼拝堂の扉が開き、パイプオルガンの音色が聞こえた。

「出番だな。行こうか？」

弟に声をかけられ、「うん」と返事をして彼の腕に手をかける。

目の前に見えるのは、祭壇まで続く真っ赤なヴァージンロード。

祭壇の前には、ダークグレーのタキシードを纏った尊がいて、私に目を向けている。

その甘い眼差しに胸がトクンと高鳴った。

もともとカッコいいのに、いつもよりもパワーアップしている。

彼の目に今の私はどう映っているだろう。今日だけは世界で一番綺麗だって思ってほしい。

参列者の席には、尊の親族や、看護師に付き添われた私の祖父もいた。

カフェで一緒に働いている莉乃ちゃんに、尊の親友で弁護士をしている中村くん、それに中村くんの奥さんで私の親友だった萌絵もいて、とても驚いた。

萌絵が私に明るい笑顔を向けているのを見てホッとする。

ずっと彼女のことが気になっていた。でも、こうして式に来ているということは、私のことを許してくれているからだろう。

大好きな人たちに祝福されて挙げる式。尊の私への愛がいっぱい詰まってる。

もう結婚式がトラウマなんて言わない。

祭壇の前まで行くと、翔が尊に言葉をかけた。

「姉をよろしくお願いします」

「必ず幸せにするよ」

尊は弟の目を見てしっかりと約束する。

翔が参列者の席に下がると、尊は私を見て誇らしげに微笑み、手を握ってきた。

「誰にも見せたくないくらい綺麗だ」

「尊だってカッコよすぎるわ」

彼と目を合わせて微笑み合う。

皆で賛美歌を歌い、牧師による聖書の朗読がされると、厳粛な気持ちになって、この結婚式は現実だと思えた。

子供だった頃は、尊と結婚するなんて思ってもみなかった。

でも、恋に目覚めていなくても、私にはずっと彼しか見えなかった。

今、改めて思う。

尊は私の運命の人。

誓約と指輪の交換が終わると、尊が私のベールを上げて……。

「愛してる」

顔を近づけてそう囁き、彼は私に優しく口づける。

愛情に満ちたキスに胸が熱くなって、涙がスーッと頬を伝った。

その涙を尊が唇でそっと拭い、神の前でとびきりの笑顔で私に誓う。

「一生大事にするよ」

彼の言葉が私の身体に浸透していく。

「私も」

伝えたいことはいっぱいあるけれど、感動が押し寄せてきてそれしか言葉が出ない。

涙を浮かべながらも、彼に心から微笑んだ。

これからもあなたをずっと見つめて生きていくわ。

永遠に――。

番外編　ふたりだけの結婚記念日 ― 尊side

「パーパ、このホットケーキとってもおいしい」

娘の葵《あおい》が俺に向かってにんまりとする。

優里香と結婚した次の年に生まれた葵は、もう四歳になった。

優里香にそっくりで、俺に似ているところといえば髪の色が黒いくらい。

天使みたいにかわいくて、娘にはついつい甘くなる。

「それはよかった。パパが作ったのとどっちが美味しい？」

今、俺と葵がいるのは、優里香と見合いをした久遠系列のホテルのラウンジ。

四人がけのテーブルに葵と並んで座っている。クリスマスイブの夕方とあってカップルが多い。

優里香はというと、ホテル内のビューティーサロンでマッサージの施術を受けている。なので、今は娘とのデートを楽しんでいるところだ。

「うーん、どっちも」

悩ましげな顔をする葵に、わざとがっくり肩を落としてみせた。

「葵、そういう時はパパのって言ってくれたら、欲しがってたぬいぐるみを買ってあげたのにな」

「あ〜パパ、ぜんげんをてっかいします！　パパのが一番おいしいよ」

最近覚えたばかりの『前言を撤回』という言葉を使い、娘は俺の腕をガシッと掴んで言い直す。

「パパのが世界一おいしい」

俺をじっと見つめてニコーッとする葵。その笑顔を見ていると、とても癒される。

四歳にして娘は自分の魅力を熟知していて、俺の心を鷲掴みにするのだ。

「よし。今度ぬいぐるみをパパと一緒に買いに行こう」

「わ〜い、パパ大好き〜」

葵が大はしゃぎで俺に抱きつくと、俺も娘をギュッと抱きしめ返した。

そんなひと時を楽しんでいたら、よく知った声がする。

「兄貴、葵ちゃんにデレデレしすぎ」

キャメル色のロングコートを着て現れたのは、弟の彬。

昨日帰国したので、実家で一日葵を預かってもらうことにしたのだ。

「あ〜、彬くん日本に帰ってきたの？」

葵には彬が帰国していることを伝えていなかったので、目を丸くしてびっくりしている。

「うん、クリスマスと正月は日本で過ごそうと思ってね。はい、葵ちゃんにクリスマスプレゼント！」

彬が真っ赤な包み紙でラッピングされた箱を娘に差し出した。

「彬くん、ありがと〜」

弾けるような笑みを浮かべ、葵はプレゼントを受け取る。

「ねえねえ、開けていい？」

上目遣いに確認する娘は、つくづく子供ながらも女だなあと思う。

そんな葵に彬もメロメロだ。

「もちろんいいよ」

優しい笑顔でオーケーを出しながら、彬は葵の向かい側の席に座った。

「なんだろう？」

優里香に似て几帳面な葵は、包みを丁寧に開けていく。

中に入っていたのは、A5サイズのピンクのかわいいケース。中には、赤、紫、オレンジ、ピンクといった色とりどりのマニキュアが十本入っていた。

「マニキュアだ〜！　葵、ずーっと欲しかったの」

葵が目をキラキラさせて喜ぶと、彬が頬杖をつきながら「気に入ってくれてよかった」と微笑んだ。

「葵、すごいものもらったね。だが、子供にマニキュアなんて早すぎないか？」

たまに葵は優里香にマニキュアを塗ってもらったりしているが、自分で持つとなると心配だ。シンナーだって入っているし……。

チラリと彬に目を向けて尋ねると、弟は「これ子供用で危ない成分は入っていないから大丈夫だよ。水で落とせるんだ」と笑って返した。

「へえ、水でね。それは便利だな」

マニキュアを一本手にしてまじまじと見つめる。

「葵、塗ってみたい」

娘がそう言うと、彬がにこやかに提案した。

「ここで塗るのはマナー違反だから、じーじとばーばのおうちに行ったら塗ろうか？」

「うん」と頷く葵を見て、彬がその頭をよしよしと撫でる。

「ちゃんと言うこときける葵ちゃんはいい子だね。ねえ葵ちゃん、僕にもクリスマスプレゼント欲しいなあ」

彬がそんな催促をすると、葵は席を移動して弟に抱きつき、その頬にチュッとキスをした。

「メリークリスマス、彬くん」

「あ〜葵ちゃん、かわいい。ニューヨークに連れて帰ろうかな」

ギュッと娘を抱きしめてそんなセリフを呟く彬の頭をペシッと叩く。

「こら、人の娘を勝手に連れて帰るなよ。子供が欲しければ、早くお前も結婚しろ」

ギロリと睨みつけるが、彬は何食わぬ顔で言い返す。

「僕は子供を作るために結婚はしない。愛の結晶だからこんなかわいい子ができるんじゃないか」

それはもっともな意見。ジーッと彬を見据えていたら、葵が俺と彬の頭を撫でた。

「ふたりとも、けんかしちゃダメ」

葵に宥められて俺と彬が苦笑いしていると、マッサージの施術を終えた優里香が現れた。

「また兄弟で葵を取り合っていたの？」

俺たちの状況を見て、優里香がクスッと笑う。

「そうなんだ。だから葵に注意された」

　俺も笑ってそんな報告をすると、優里香は葵に目を向けた。

「困ったパパと叔父さんね」

「ママ〜、彬くんにマニキュアもらったの」

　葵がクリスマスプレゼントのことを伝えると、優里香は彬に礼を言う。

「彬くん、お帰りなさい。いつもプレゼントありがとう」

「いえいえ。僕が好きでやってることだから。みんな元気そうでよかったよ。翔とも大晦日に飲みに行く約束してるんだ」

　俺と優里香が結婚してから、彬と翔くんは気が合うのか、互いに連絡を取り合っているようだ。

「そうなのね。じゃあ、その夜は翔とうちに泊まれば？　葵とおせちを作るから」

　優里香が彬を誘うと、弟はニコッとして答える。

「それはぜひ。じゃあ、葵ちゃん、じーじとばーばのおうちに行こうか？」

「うん、行く！」

　彬の言葉に葵が元気よく返事をすると、ふたりは席を立ってこの場から立ち去る。

　その後、俺と優里香はホテル内のフレンチレストランで食事をし、優里香と初めて一夜を過ごしたあのスイートルームへ――。

「ふたりでイブの夜を過ごすなんて結婚式以来ね」

リビングで夜景を眺めながらそんなことを口にする優里香の背後に立ち、ポケットからネックレスを取り出すと、彼女の首につけた。

「え？　尊……これ……」

優里香が驚いた声をあげ、くるりと俺の方を向く。

彼女につけたのは、バラの花をモチーフにしたダイヤのネックレス。

「メリークリスマス、優里香」

ペンダントトップにゆっくりと口づけて微笑すると、彼女は嬉しそうに礼を言う。

「ありがとう。私もプレゼント用意したんだけど、家に置いてきちゃった。これ、いつ買ったの？」

「今日、優里香がサロンに行ってる間に葵と買いに行ったんだ」

「葵となにかコソコソしてると思ったら、プレゼントのことだったのね。今年のイブは、嬉しいことがいっぱいね。またこの部屋で尊と一緒に過ごせるし……」

優里香はそう言葉を切り、俺を見つめて再び言葉を紡いだ。

「あの夜、尊に再会できて本当によかった」

優里香の結婚式がキャンセルになって、ひとりで耐えていた彼女に声をかけて……、そして、彼女を抱いた――。

今でもその時のことは鮮明に覚えている。

「最初は邪険に扱われてたけどな」

笑って彼女をからかえば、彼女はちょっと気まずそうに言い訳する。

「だって私にとって尊は天敵だったから」

「天敵って……なんかひどいな」

わざとショックを受けた顔をする俺の首に、彼女は腕を回してきた。

「今は最愛の夫だって思ってるわ」

「それはどうも。今も天敵って言われたらどうしようかと思った」

優里香と微笑み合うと、彼女に口づける。

柔らかくて、温かいその唇。今日はなんだかいつもよりも甘い。

「はちみつの味がする」

優里香の唇をゆっくりとなぞりながらそう言ったら、彼女がはにかみながら返した。

「マッサージの後にはちみつ入りの紅茶を飲んだから」

「なるほどね。それにいい匂いがする」

優里香の首筋に唇を這わせながらその肌の匂いをクンと嗅げば、彼女がたじろいだ。

「それはサロンで使ったクリームのせいよ。やだ……そんな嗅がないで」

「だって俺好みの香りだ。そのクリーム、うちに届けさせよう」

俺の話を聞いて、優里香がフフッと笑う。

「なに？　どうした？」

少し首を傾げて理由を尋ねたら、彼女がしみじみと言う。

「初めて尊に抱かれた時はすごく緊迫した雰囲気だったのに、今は私がつけてるクリームの話をしてるんだもの。なんだかおかしくなっちゃって」

「それだけお互いなんでも言い合える仲になったってことだよ。あの時は俺も余裕がなくて先の話なんかできなかったしな」

優里香を抱いた次の日、もっと寄り添ってやればよかったたって……彼女がいなくなったこの部屋でひとり後悔していた。だから、麗さんのところで彼女が働いていると知って、絶対にもう逃がしちゃいけないと思ったんだ。

「そんな風には見えなかったけど。最初、怒ってなかった？」

「余裕がない自分に対して腹を立ててたんだ。優里香を帰らせたくなかったし、俺が抱いたら優里香が余計に傷つくんじゃないかって葛藤があって……」

正直にあの時の気持ちを伝えると、彼女が上目遣いに謝ってきた。

「そうだったのね。すごく困らせちゃってごめんなさい」

「謝る必要なんてない。そのお陰で葵を授かったんだから。そろそろふたり目作る？」

俺が率直に聞くと、かなり驚かれた。

「本気？」

「本気だよ。葵が最近俺に訴えるんだ。隣の家の柚葉《ゆずは》ちゃんとこに赤ちゃんが生まれたから、私も弟か妹が欲しいって」

「それ、私も葵から聞かされたわ。尊もまた大変になっちゃうけどいい？」

心配そうに確認する彼女の髪を梳《す》きながら笑ってみせた。

「俺たちの子供だ。大変だなんて思わない。じゃあ早速」

優里香を抱き上げて寝室のベッドに運ぶ。そこにはクリスマスツリーがあって、まるで夜空の星をちりばめたように美しく光っていた。

「なんだかすごくロマンチック。こんなの初めて」

目をキラキラさせて喜ぶ優里香がとてもかわいくて、思わずクスッと笑った。

「うちのツリーはリビングに置いてあるからな。はい、バンザイして」

俺がそう命じると、優里香は言われた通り両手を上げる。

彼女のワンピースをたくし上げながら脱がしてベッドに押し倒すと、俺も服を脱いで彼女に覆いかぶさった。

「今夜は思う存分抱けるな」

「いつも遠慮なんかしてないでしょ……んん⁉」

笑ってつっこんでくる優里香の唇を奪いながらブラを外し、彼女の胸を揉み上げる。

「あ……んん！」

優里香が手に口を当て、声を抑えようとするのでその手を掴んだ。

「声、抑えなくていい。防音だし、葵も今日はいないから」

伏し目がちに「でも……恥ずかしいわ」と訴える彼女に、ニヤリとして告げた。

「でもじゃない。優里香が乱れてくれた方が嬉しいし、俺も燃える」

「……意地悪」

ボソッと文句を言う彼女の耳朶を甘噛みしながら反論する。

「心外だな。こんなにも愛情をたっぷり注いで抱いているのに」

優里香に抗議する隙を与えず、唇や手で彼女の身体を念入りに探索した。

俺の腕の中で乱れる彼女がとても美しくて、何度抱いたかわからない。

お互い激しく求め合って……。

優里香が果てる直前、彼女の耳元で囁いた。

「優里香、愛してる」

次の年の九月、俺たちは男の子を授かった。

どうやらサンタが俺たちにプレゼントしてくれたらしい。

「私がお姉さんよ」

葵がとびきりの笑顔で言って、赤ちゃんの頬にキスをする。

とても微笑ましい光景――。

「お姉さんというよりも、小さなママになりそうだな」

「私より優秀なママになるかもね」

優里香と微笑みを交わしながら、愛する子供たちを優しく見つめた。

The end.

あとがき

　こんにちは、滝井みらんです。今回は、本編では書けなかったあるシーンをお届けしますね～。

――結婚式前の挨拶 ―― 久遠彬 ＆ 水沢翔

彬　初めましてだよね？　尊の弟の彬です。彬って呼んでくれると嬉しいな。
翔　そうですね。俺、喘息持ちで学校休みがちだったから。俺のことも翔って呼んでください。
彬　敬語は使わなくていいよ。もう親戚だしさ。体調は大丈夫？
翔　最近発作がないから落ち着いてます……あっ、落ち着いてる。
彬　あと三十分くらいしたら兄貴たちが来ると思うから、このスーツに着替えてくれる？
翔　どうも。尊さんに手ぶらで来てって言われて、本当に手ぶらで来ちゃって。
彬　まあ、急に式の日取りが決まったからね。翔には式で義姉さんのエスコートしてもらうことになってるから。

翔　え？　俺、初耳なんだけど。

彬　ほら他に相応しい人っていないからさ。でも、翔が嫌なら僕がやってもいいよ。

翔　いや、俺が。姉には今まで面倒かけたから、俺が尊さんのところまでしっかりエスコートしてやりたい。

彬　義姉さんもきっと喜ぶよ。ところでさ、これは僕の勘なんだけど、義姉さんひょっとしたら妊娠してるかもしれないから、身体を気遣ってあげて。

翔　嘘……妊娠。それが本当なら嬉しいな。俺……叔父になるかもしれないのか。

彬　想像すると楽しいよね。翔は甥と姪だったらどっちがいい？

翔　やっぱ男の子より女の子かな。めちゃくちゃ溺愛するかも。

彬　気が合うね。僕も女の子だな。姪ができたらお互いメロメロになりそうだね。

え～、最後になりましたが、いつも温かく支えてくださる編集部の鶴嶋さま、妹尾さま、また、素敵なイラストを描いてくださった大橋キッカ先生、厚く御礼申し上げます。そして、いつも応援してくださる読者の皆さま、心より感謝しております。

このご縁が長く続きますように！

滝井《たきい》みらん

滝井みらん先生への
ファンレターのあて先

〒104-0031
東京都中央区京橋1-3-1
八重洲口大栄ビル7F
スターツ出版株式会社　書籍編集部　気付

滝井みらん 先生

本書へのご意見をお聞かせください

お買い上げいただき、ありがとうございます。
今後の編集の参考にさせていただきますので、
アンケートにお答えいただければ幸いです。

下記URLまたはQRコードから
アンケートページへお入りください。
https://www.berrys-cafe.jp/static/etc/bb

剛腕御曹司は飽くなき溺愛で傷心令嬢のすべてを満たす
～甘くとろける熱愛婚～

2023 年 3 月 10 日　初版第 1 刷発行

著　　者　　滝井みらん

発 行 人　　菊地修一
デザイン　　hive & co.,ltd.
校　　正　　株式会社文字工房燦光
編集協力　　妹尾香雪
編　　集　　鶴嶋里紗
発 行 所　　スターツ出版株式会社
〒 104-0031
東京都中央区京橋 1-3-1　八重洲口大栄ビル 7 F
TEL　出版マーケティンググループ　03-6202-0386
(ご注文等に関するお問い合わせ)
URL　https://starts-pub.jp/
印 刷 所　　大日本印刷株式会社

Printed in Japan

ISBN 978-4-8137-1402-6　C0193

ベリーズ文庫 2023年3月発売

『剛腕御曹司は飽くなき溺愛で傷心令嬢のすべてを満たす～甘くとろける熱愛婚～』 滝井《たきい》みらん・著

社長令嬢の優里香は継母と義妹から虐げられる日々を送っていた。ある日、政略結婚させられそうになるも相手が失踪。その責任を押し付けられ勘当されるも、偶然再会した幼馴染の御曹司・尊に再会し、一夜を共にしてしまい…!?　身も心も彼に奪われ、気づけば溺愛される毎日で――。

ISBN 978-4-8137-1402-6／定価737円（本体670円＋税10%）

『俺様御曹司のなすがまま、激愛に抱かれる～偽りの婚約者だったのに、甘く娶られました～』 高田《たかだ》ちさき・著

浮気されて別れた元彼の結婚式に出て、最悪の気分になっていた未央奈。そんな時見るからにハイスペックな御杖に出会い、慰めてくれた彼と甘く激しい夜を過ごす。一夜限りの思い出にしようと思っていたのに、新しい職場にいたのは実は御曹司だった御杖で…!?　俺様御曹司に溺愛される極上オフィスラブ！

ISBN 978-4-8137-1403-3／定価726円（本体660円＋税10%）

『双子を極秘出産したら、エリート外科医の容赦ない溺愛に包まれました』 皐月《さつき》なおみ・著

ある事情から秘密で双子を出産し、ひとりで育てている葵。ある日息子が怪我をして病院に駆け込むと、双子の父親で脳外科医の晃介の姿が！　彼の子であることを必死に隠そうとしたけれど――「君が愛おしくてたまらない」再会した晃介は葵と双子に惜しみない愛を注ぎ始め、葵の身も心も溶かしていき…!?

ISBN 978-4-8137-1404-0／定価726円（本体660円＋税10%）

『離婚直前、凄腕パイロットの熱烈求愛に甘く翻弄されてます～旦那様は政略妻への恋情を止められない～』 一ノ《いちの》瀬《せ》千景《ちかげ》・著

大手航空会社・JG航空の社長に就任予定の叔父を支えるため、新米CAの美紅は御曹司でエリートパイロットの桔平と1年前に政略結婚した。叔父の地盤も固まり円満離婚するはずが、桔平はなぜか離婚を拒否！　「俺は君を愛している」――彼はクールな態度を急変させ、予想外の溺愛で美紅を包み込んで…!?

ISBN 978-4-8137-1405-7／定価726円（本体660円＋税10%）

『職業男子図鑑【ベリーズ文庫溺愛アンソロジー】』

ベリーズカフェの短編小説コンテスト発の〈職業ヒーローとの恋愛〉をテーマにした溺愛アンソロジー！4名の受賞者（稗島ゆう子、笠井未久、蓮美ちま、夏目若葉）が繰り広げる、マンガ家・警察官・スタントマン・海上保安官といった個性豊かな職業男子ならではのストーリーが楽しめる4作品を収録。

ISBN 978-4-8137-1406-4／定価715円（本体650円＋税10%）

ベリーズ文庫 2023年3月発売

『ループ5回目。今度こそ死にたくないので婚約破棄を持ちかけたはずが、前世で私を殺した陛下が溺愛してくるのですが2』 三沢《みさわ》ケイ・著

結婚すると死んでしまうループを繰り返していたが、6度目の人生でようやく幸せを掴んだシャルロット。ダナース国王・エディロンとの甘〜い新婚旅行での出来事をきっかけに、ループ魔法の謎を解く旅に出ることに！　そんな中シャルロットの妊娠が判明し、エディロンの過保護な溺愛がマシマシになり…!?

ISBN 978-4-8137-1407-1／定価737円（本体670円＋税10%）

ベリーズ文庫 2023年4月発売予定

Now Printing

『【財閥御曹司シリーズ】第一弾』 葉月《はづき》りゅう・著

幼い頃に両親を事故で亡くした深春は、叔父夫婦のもとで家政婦のように扱われていた。ある日家にやってきた財閥一族の御曹司・奏飛に事情を知られると、「俺が幸せにしてみせる」と突然求婚されて!? 始まった結婚生活は予想外の溺愛の連続。奏飛に甘く溶かし尽くされた深春は、やがて愛の証を宿して…。

ISBN 978-4-8137-1414-9／予価660円（本体600円＋税10%）

Now Printing

『タイトル未定（富豪CEO×秘書の契約結婚）』 若菜《わかな》モモ・著

自動車メーカーで秘書として働く沙耶は、亡き父に代わり妹の学費を工面するのに困っていた。結婚予定だった相手からも婚約破棄され孤独を感じていた時、勤め先のCEO・征司に契約結婚を持ちかけられて…!? 夫となった征司は、仕事中とは違う甘い態度で沙耶をたっぷり溺愛! ウブな沙耶は陥落寸前で…。

ISBN 978-4-8137-1415-6／予価660円（本体600円＋税10%）

Now Printing

『子づくり前提の友情婚ですが、もしかして溺愛されてます？』 紅《くれない》カオル・著

両親が離婚したトラウマから恋愛を遠ざけてきた南。恋はまっぴらだけど子供に憧れを持つ彼女に、エリート外交官で幼なじみの碧唯は「友情結婚」を提案! 友情なら気持ちが変わることなく穏やかな家庭を築けるかもと承諾するも――まるで本当の恋人のように南を甘く優しく抱く碧唯に、次第に溶かされていき…。

ISBN 978-4-8137-1416-3／予価660円（本体600円＋税10%）

Now Printing

『クールな御曹司は離婚前提の契約妻を甘く愛して堕とす』 黒乃《くろの》梓《あずさ》・著

OLの瑠衣はお見舞いで訪れた病院で、大企業の御曹司・久弥と出会う。最低な第一印象だったが、後日偶然、再会。瑠衣の母親が闘病していることを知ると、手術費を出す代わりに契約結婚を提案してきて…。苦渋の決断で彼の契約妻になった瑠衣。いつしか本物の愛を注ぐ久弥に、瑠衣の心は乱されていき…。

ISBN 978-4-8137-1417-0／予価660円（本体600円＋税10%）

Now Printing

『不倫アンソロジー』

ベリーズ文庫初となる「不倫」をテーマにしたアンソロジーが登場! 西ナナヲの書き下ろし新作『The Color of Love』に加え、ベリーズカフェ短編小説コンテスト受賞者3名（白山小梅、桜居かのん、鳴月齋）による、とろけるほど甘く切ない禁断の恋を描いた4作品を収録。

ISBN 978-4-8137-1418-7／予価660円（本体600円＋税10%）

タイトル、価格等は変更になることがございますのでご了承ください。